狂墨

金田石城

幻冬舎

狂墨

目次

題字　金田石城
装画　金田石城
装丁　平川彰（幻冬舎デザイン室）

老境

谷村玄斎は、幼い頃、墨が買えなかった。母親が煮炊きをする土竈《どがま》の薪の燃え殻を、墨として摩《す》り書を書いていた。

そして、その墨を生涯、そばに置き作品制作にあたっていた。

玄斎には、老いゆく中、大きな悩みがあった。

それは、これまで、これという決定的な代表作がないということであった。

玄斎は、幼い頃の貧困を引きずりながら墨一筋に生きてきた。

玄斎には、そのためならば、何事も惜しまない、というところがあった。人生の前半では、いつの間にか、多額な借金を背負い込んだ。

人気というものは人が作るものだ。時機を逃してはならない。玄斎は、有名になると作品の乱作を続けた。そうして得た収入は、贅沢の限りを尽くし、湯水のごとく使い込んでいった。それまで世の中から受けた仕打ちに対しての復讐であるかのように。

しかし、ここにきて玄斎は、このように時を過ごしてきたことを悔いはじめていた。

歳をとるということは、こういうことなのだろう。八十歳になろうとしている今、残された命の中で、どれほどのことができるというのか、そのことを思うと、玄斎の焦りは一段と強くなっていった。

何をもって代表作とするのか、このことは、玄斎の中でも確立された明快な基準があるわけではなかった。

良寛に「天上大風」、俵屋宗達に「風神雷神図」があるように、自分にも、それがあるべきだと考えるようになった。それは書き手の本能というものなのだろう。

このうち、「天上大風」は、代表作を作るというような思いが、良寛の意識の中にあったものではないと聞く。お布施のお礼に懐紙に書いたもので、後に人々が、それを評価したのである。

対して、「風神雷神図」は、宗達が積極的に、代表作として制作したというところが見える。少なくとも、今の玄斎の心境は、「風神雷神図」を制作した宗達に近い。

本来、代表作といわれるものは、客観的に、それを見る側が評価するということが通念である。そのことは玄斎も熟知していた。

書き手の、後世まで、語り継がれる代表作を残したいという思いは、いわば持って生まれた本能のようなものだ。そこに理屈はない。まさしく玄斎は今、その葛藤の中にあった。

職人

玄林堂の近くには、古い寺が多い。玄斎は、久しぶりに、奈良市の郊外にある墨工房を訪れていた。

玄林堂は、江戸時代創業の店である。

そこには、たくさんの墨職人がいた。その中でも口数が少なく、眼に力がある伝助は、根っからの墨職人であることを感じさせた。

日に焼けた筋肉の盛りあがった体は、墨の塊のように見え、黒い煤《すす》が染み込んだ指先からは、職人としての自信と誇りのようなものがうかがわれた。

その伝助との出会いがきっかけとなり、自分の墨を玄林堂で作ることを決めた。

玄斎は、四十代に入ると墨に一段と興味を持つようになり、自分の墨を作るということを思いついた。

それまで作品制作には、年代を経た中国・日本の名墨、珍墨などを、目的に応じて買い求め使ってきたが、いつしか、それにいまひとつ満足できなくなっていった。

それまでの玄斎は、自分の墨を作るというところにまでは思いが及ばなかった。

しかし、墨の色にこだわりを持つようになると、自分の表現に合った墨を作るべきだという考えが強く頭をもたげてきた。

それまでも、筆や紙を自分好みに作らせるということはあったが、墨は数本だけ作るというわけにいかないため、なかなかふん切りがつかずにいた。

作家にとって、道具にこだわりを持つことは、作品作りの大きな力となり、極めて重要だということを、歳を重ねるにつれ、認識しはじめた。独自の墨を作らせることになった、その引き金になったのは、伝助との出会いである。

墨は、中国の殷の時代にさかのぼり、漢の時代に現在の墨が生まれた。その後、飛鳥時代に中国から朝鮮半島の高句麗を経て、シルクロードの終着地といわれる奈良に伝えられた。

その頃日本の都は、奈良におかれ、政治、経済、学問、宗教の中心地として栄えていた。

それに伴い多くの書物やお経が書かれるようになり、そのことから、墨が大量に使われるようになった。

いつしか、中国や朝鮮の人々が行き来するようになり、それに伴って墨作りの技術も日本に伝えられた。やがて奈良は、日本での墨の主要な生産地となっていった。

初めて奈良に伝えられた墨は、松を燃やし、煤を集め膠《にかわ》と混ぜて練り合わせた松煙墨《しょうえんずみ》だった。この後、室町時代になると、興福寺で使われていた胡麻油を燃やして集めた煤で墨が作られるようになった。

この墨は松煙墨の色が青であるのに対して、黒めで強い光沢があり、油煙墨《ゆえんずみ》と呼ばれるものであった。

伝助に言わせれば、墨は最低でも製造してから二十年間、乾燥させなければものにならないそうだ。

製造して二十年経ったものを使う。つまり、今年、八十歳になる玄斎が墨を作れば、使う時は百歳になるという計算だ。

正直なところ、その時まで玄斎が生きているという保証は何もない。

しかし、そのことを恐れ、墨作りをやめるということは、自分の寿命に、自分が手を加えるということになる。それは、玄斎の中であってはならないことだった。

親しい編集者から、八十歳になる小説家が、五年先の連載の仕事を引き受けているという話を耳にした時、玄斎は、それは自分が目指す命の尊厳の姿だと深く感動した。

生きるということは、そういうことなのだ。玄斎は、自分に言い聞かせた。少なくとも作家は、自分の命への高い意識が常になければ、人を感動させる作品を生み出すことはできないと自覚しているのだった。

このような思いを抱きながら、一年ぶりに新しい墨を作るため、玄斎は玄林堂を訪れた。

墨作りの最大の敵は膠の腐食である。

それを防ぐために墨作りは、毎年十一月から三月頃までに仕事を終えられるように気配りされていた。

なかでも高級な墨を作るのには、一番寒い二月が適していて、玄斎は、新しい墨作りの打ち合わせのために、三ヶ月前の十一月を選んで訪れていた。

この時期になると、墨職人もまもなく墨作りに入るということもあり、緊張感が心体に満ちているのがわかった。話す言葉ひとつひとつに力があった。

玄林堂の建物は、千坪ばかりの土地にあり、奈良特有の家づくりがなされていた。

玄斎が引き戸を開けて店の中に入り、声をかけると、すぐさま、店番の男があわただしく挨拶し、奥に引っ込むと改めて主人が出てきた。

「先生お寒かったでしょう。伝助が首を長くしてお待ちしております」

「電車から降りると体に寒さが染みてね。これは歳のせいかね」

「いやいや、先生はいつお会いしてもお若いですよ」

「相変わらずお世辞がうまいな」

そう言うと玄斎は墨作りの伝助のいるところに案内された。

そこには、煤を膠と練り合わせ型入れをする伝助の仕事場があった。

玄斎は、伝助と二人だけにさせてくれるよう主人に頼んだ。主人は、玄斎を仕事場に案内すると、そのまま姿を消した。

伝助は、足で膠と煤をリズミカルに揉んでいた。煤と膠を練り合わせ、木型にこれらを入れるという墨作りの重要な部分だ。

足というものが、これほど手首のように、器用に動くものなのか。伝助の自在に動く足首から爪先までのリズムは、いつ見ても見事なものだ。太い足から繋がる爪先が、膠と煤を練り込んでいた。

原料の配分が、墨の性格を決める。これは伝助の口ぐせで、その割合は単純であるものの、墨の良し悪しは、この練り込みによるといつも聞かされていた。ここに手ぬきがあれば墨は固められ、乾燥した後、間違いなく割れる。ここは、職人の存在の必要性が一番表れるところである。

玄斎は、伝助の顔を見ると、思わず頬が緩んでしまう。

一方、懸命に足で墨の原料の練り込みをしていた伝助は、玄斎に気付くと、その足踏みを止めようとした。

「手足は休めないでいい、ひと区切りついたら奥の部屋へ来たまえ」

玄斎は声をかけ、すぐにその場を去った。

墨の原料は、松と菜種を燃やした煤であるが、この他に石油などがある。煤に牛や鹿などの動物の皮を煮て作られた膠と、香料が練り合わされ、それを木型に押し込んだ後、取り出して、すぐ乾かし、さらに石灰の中に入れ乾燥させる。そして、墨に絵柄に合わせた色を施し、蛤《はまぐり》の貝殻で磨きあげて完成となる。

玄斎は、仕事場の隣にある六畳ばかりの和室で、差し出されたお茶を飲みながら、和綴じの古い墨拓を眺めていた。伝助が部屋にやってきて、玄斎の脇に腰を下ろした。

「古い中国の墨の拓を見ていると、向こうのものは、実に精巧なものだ」

「気合が違うのですよ」

伝助が身を乗り出してそう言った。

「何度か中国に行っているが、今は、こんなのは、お目にかかれない。堕落したというか、時代というか」

伝助は、この玄斎の言葉に無言でうなずいた。

玄斎はさっそく、

「伝さん今年の墨はどうかね」

と尋ねた。

伝助は、傍らに用意されていたポットからお茶を淹《い》れると、うまそうに一気に喉に流し込んだ。そして、改めて身を乗り出す。

「時代というのでしょうかね。この頃は、摩らずにすむ墨汁が流行り出して、手間暇かけて硯《すずり》で摩って字を書くという先生方が少なくなりました」

玄斎は静かにうなずいた。

「あれは便利といえば便利だが、墨屋も悪い。あれは墨ではない。最近の若い書家は墨汁で育ってきているから、本当の墨の色の凄さを知らないのだ」

「悪いのは墨屋ですか」

「そうだ。売れるとわかると、受けのいい色を作り、墨汁にする」

伝助は少しばつが悪そうな顔をした。

「ええ、おっしゃる通りで。しばらく前、私のところでも、社長が代替わりしたら、墨汁を作るという話が出ました。しかし、私は、年に一度ですが、先生の墨を作らせていただく機会を与えられていることを、誇りに思っているのです」

伝助は顔を綻ばせる。

「ところで先生、今年も墨を作られるのですか」

「歳が心配かね」

「先生、今年、もう八十歳になられるでしょう、今年作った墨を使うのは百歳頃ということになるのは、ご承知ですよね」

「君は私が百歳までは生きないだろう、ということを言っているのかね」

伝助は、あわてた様子で手を横にふった。

「そういうわけではないのですが。途中で先生に、何かあったらと、そんな考えがふと浮かんでしまったのです」

「正直に言うが、その不安は、私にもないわけではない。しかし、それは、自分の命を自分で定めるということになってしまう。だから考えないことにしているのだ。自慢じゃないが、歳はとっても、創造力は、尽きていないからね。毎日のように湧きあがる」

伝助は無言だった。玄斎は続ける。

「寿命というものはある。それはわかっている。それを考えないで作っていくことが作品に強い命を与える。そう、私は信じて創作に励んでいるのだよ」

「先生は、そういう強いお気持ちで、私の作った墨を使ってくださっているのですね。それは嬉しいことで、作りがいもあります」

伝助の表情が緩んだ。

作品

玄林堂を訪れてしばらくすると、玄斎に大きな仕事が持ちあがった。

それは、奈良県信貴山《しぎさん》にある成福院《じょうふくいん》の鈴木凰永《こうえい》からの直々の依頼だった。寺の客殿の大広間にある襖の制作であった。

鈴木凰永は、信貴山真言宗の大阿闍梨《だいあじゃり》であった。

信貴山は、標高四百三十七メートルの連山で、南北二つの山から成り、その南側に、朝護孫子寺歓喜院《ちょうごそんしじかんぎいん》があった。

朝護孫子寺歓喜院は、高野山真言宗より独立した、信貴山真言宗の総本山である。

三つの塔頭《たっちゅう》寺院があり、成福院は、そのひとつであった。

朝護孫子寺歓喜院は、聖徳太子が用明天皇二（五八七）年の寅の年、寅の日、寅の刻に、物部守屋《もののべのもりや》を討伐するため、河内稲村城に向かう途中、ここで必勝を祈願して戦いに臨み、敵を討ちはたすことができたと伝えられる寺である。

以来、聖徳太子は、毘沙門天を信じ、貴ぶべき山、信貴山と名づけたと言い伝えられている。

推古天皇の時代に入ると、仏教興隆の詔《みことのり》により、お寺が各地に建てられるようになった。信貴山にも、その定めによって建てられた。

その後、寺は一旦消滅したが、延喜二（九〇二）年、命蓮《みようれん》上人が再建し、その後、さらにまた建て替えられた。

それが今日の朝護孫子寺歓喜院である。

命蓮上人は、信濃の僧として知られ、醍醐天皇の病気回復を祈願した。その時の願文《がんもん》に、朝廟安穏国土守護子孫長久とあり、それが、この寺の名前の由来になったと伝えられている。

成福院は、毘沙門天を本尊とし、境内には融通殿がある。ここには、後嵯峨天皇が、念持仏としていた如意宝珠が祀られている。

成福院に行くには、大きな赤門と呼ばれる山門をくぐり抜け、いくつもの石灯籠が両脇に立ち並んでいる石段を登っていく。

成福院は、代々、美術品の収蔵に力を入れてきた寺として知られ、その流れを今でも受け継いでいた。

近来、収蔵した作品としては、日本画家の堂本印象が、成福院のために松を描いた三十六面の襖絵や、洋画家の中川一政が特別に依頼を受けて書いた般若心経の書がある。

玄斎が成福院を訪れようとした日は、不思議な天気だった。奈良市街を出る時には、空は晴れていたが、小一時間ばかり、信貴山を登っていくと、突如、あっという間に猛烈な吹雪となったのだ。それは玄斎を乗せた車を運転していた北之坊祐史《ゆうじ》が、何度力いっぱいアクセルを踏んでも車が前進しなくなったほどだった。

玄斎には、それは、あたかも仏界が玄斎を凰永に会わせることを拒んでいるかのように感じられた。

「この雪では、どうにもなりまへんわ。先生、また改めましょう」

祐史に説得され、玄斎は、成福院を目前にして、この日、凰永に会うことを諦めた。

しばらく経ったある夜、突如、――俺さまに手を合わせれば幸せがやってくる――という言葉とともに、虎が玄斎の夢の中に現れた。

夢から覚めた玄斎は、勢いよく起きあがると、その言葉の記憶が消えぬうちにと、寝間着のまま、アトリエに入った。墨を摩り、画仙紙を取り出し、筆を持ち、今、浮かびあがったばかりの虎の姿を、夜を徹して一気に描きあげた。

玄斎にとって、こうした作品作りというのは、あまり例のないことであった。普段であれば、十分に構想を練り、作品に対する自分のイメージと手法を考え、心を決めてから取りかかる。だが、この作品は、まさしく一息に描きあげたのであった。

玄斎の中で、雪のため凰永に会うことができず帰ってきた不吉な思い出を振り払うのには、この作品を制作することが必要だったのかもしれない。その作品を奉納すれば、もう一度成福院を訪れる良い機会になると考えていた。

玄斎の中には、おそらくは幼い頃から棲み着いてきた仏心があり、それが、このような思いにさせたのであった。

描かれた虎は、岩の上で、遠吠えをして何物かを睨んでいる。

虎の輪郭は、墨でくっきりと描いた。その全体を鮮やかな黄色の絵具で彩色し、そこに淡墨をのせ、紫色の絵具を、ところどころにぼかしてぬって、虎の毛の質感を出す工夫を凝らした。そして書を添えた。

次の日、この画《え》が仕上がると、玄斎はすぐさま馴染みの表具師・繁本幹雄を呼び、額装させた。

額を届けに来た幹雄は、作品を布箱から取り出すとアトリエの壁に飾った。

「先生にしてはお珍しいことで、虎など」

幹雄は不思議そうな顔をした。

「この作品は、私の身代わりで、あるところに行くのだよ」

「身代わりですか」

幹雄は、長年の付き合いで、玄斎の性格を知っていたので、それ以上踏み込むべきでないと思った。

玄斎は、常々、自分は墨を扱うしか能がないと自嘲するところがあった。何かあると、常に作品をもって、閉ざされた道を拓くという習慣があったのである。

玄斎は仕上がった作品に満足すると、すぐさま、その場から祐史に電話をし、作品を成福院に奉納してほしい、と伝えた。

「突然のことですが、お引き受けはいたします。ただ、先生の作品を受け取ってくれるかどうかは、責任を持てません」

電話を受けた祐史からは、そのような答えが返ってきた。

玄斎は、まだ成福院の誰とも会ったことがないのだから、それはその通りだと思った。

祈願寺として知られる成福院には、たくさんの奉納物がある。だが、それは、凰永の妻の敏子が気に入ったものでなければ、どのような高価なものでも受け入れないという噂であった。作品を奉納したいと、玄斎が祐史に持ちかけた時も、「受け取ってくれるかどうかわからない」と念を押されたのは、そんな噂があったからだった。

祐史は、玄斎から送られてきた作品を、不安を抱きながら、成福院に届けた。

作品を届けてから、しばらくすると、凰永から祐史のところに、お礼をかねて玄斎に会いたいと連絡があり、玄斎は再び祐史の案内で成福院を訪れることとなった。

玄斎は車から降りると、ゆっくりと祐史とともに長い石段を登っていった。桜吹雪が玄斎の体にまとわりつき、桜の花びらで、石段に美しい文様が作り出されていた。

石段を登っていくと、山道の右下の木々の間から寺が見え、さらに登っていくと、参道の右下にも寺があった。

そして山頂の一番高いところに目をやると、朝護孫子寺歓喜院の本堂が見え、左手に目を移すと、朱塗りの五重塔が映った。

玄斎と祐史が、息を切らしながら、しばらく石段を登っていくと、その途中に、聖徳太子の銅像があった。

これは、信貴山にゆかりのある聖徳太子の像を、凰永が彫刻家の北村西望に特別に依頼して、作らせたものであった。

玄斎は、そこで立ち止まり、改めて、その銅像を見上げ、大きく息をつき、また、ゆっくりと歩いていくと、成福院の玄関にたどり着いた。

中に入ると、あらかじめ祐史が、到着の時間を連絡しておいたのか、すでに若い僧侶が一人、玄関をあがった先の十畳ばかりの突きあたりのところで、背筋を伸ばし正座して、二人の来るのを待ち構えていた。

「ご苦労さまでございます」

若い僧侶が声をかけてきた。

玄関からあがり、そのまま正面を見ると、自分の贈った虎の画が目に飛び込んできた。

玄斎はまず、自分の目を疑った。

祐史も、何も知らされていなかったらしい。

「驚きましたな。こんなところに。ここは、いつも堂本印象さんの画が飾られているのですよ。それを外して、ここに先生の作品が飾られているということは、奥さまが先生のこの作品を、よほど気に入られたのですね」

玄関の正面は、扇状にくり貫かれ十センチばかり奥が京壁面になっていて、そこに作品がスッポリと収められていた。

「お寺の様子など、まったくわからずに描いてお届けしたのに、こんなにピッタリ入るとは」

玄斎は、そのことの不思議さに思わずこう言った。

「先生、仏さまがお喜びになっているんですよ」

祐史が言った。

立ち尽くしている二人に、若い僧侶が声をかけた。

「管長さまが、先ほどからお待ちです。どうぞこちらへ」

行く手を示しながら案内をした。玄斎と祐史は、僧侶に従って長い廊下を歩いていった。

しばらく歩いて、管長室の前に着くと、若い僧侶の足が止まった。若い僧侶は、そのままそこに膝を折ると声をかけた。

「お客さまがいらっしゃいました」

奥から「どうぞ」という太いしゃがれた声が返ってきた。

若い僧侶が両手で襖をゆっくり丁寧に開けると、そこには三十畳ばかりの和室が広がっていた。

正面には、年老いた僧が、長いテーブルを前に腰をかけていた。僧は玄斎の顔を見ると立ちあがり「貫主の凰永でございます」と言った。

「お初にお目にかかります」玄斎は名刺を差し出し、挨拶を交わした。

「このたびは、先生、大変えらいものをご奉納いただき、家内も大変気に入って感謝しております。まぁそこに、おかけください」

玄斎と祐史は、凰永の言葉に緊張しながら腰を下ろした。

祐史があたりを見回しながら意外なことを言った。

「管長さまとは長い間お付き合いをさせていただいていますが、このお部屋に入れていただいたのは、初めてです」

まもなく若い僧侶がお茶を持ってきた。玄斎が勧められるままにお茶に口をつけると、やがて襖が開き、「おいでやす」という声とともに、老女と男が入ってきた。凰永の妻の敏子と息子の鈴木貴晶《きしょう》だ、とすぐにわかった。

部屋に入ってきた二人は、丁寧に、玄斎と祐史に挨拶をすませ、敏子が、

「先生、あれは温かな虎でございますなあ。あの虎に添えられたお言葉も、私どもの寺に、とてもふさわしく、大変気に入りまして、すぐさま玄関に飾ろうと迷いもなく決めました」

「そうでしたか、それはありがたいことで」

玄斎の口から飛び出したのは、意外な言葉で、自分でも少しばかり驚いた。言葉の力というものは馬鹿にならないものだということを、この時ほど強く感じたことはなかった。

「あの作品をいただいてから、私が、この人に頼んで、一ヶ月ばかりかけ、あの画に、魂を入れていただいたものですから、お礼を申しあげるのが今日になってしまったのです」

「ああ、そうでしたか」

「飾った後、こちらにいらっしゃったみなさんが、あの虎の前に立って、自然

と掌を合わされるようになりましてね」

「ええ」

「もう、これは今では、本当に私どもの寺のご本尊さまでございます」

玄斎の顔が少しばかり綻んだ。

「押し掛け女房のように、私の身勝手で、この祐史さんに、お頼みして、お贈りさせていただいたのですが、その後なんの音沙汰もなく、お寺さまが、お気を悪くされたのではと、少しばかり案じていたのです」

「それは、それは、大変失礼いたしました」

「先生、よろしかったですな」

祐史も思わず笑顔になった。

「君には、大変迷惑をかけてすまなかった。しかし、あんな立派なところに飾っていただけるとは思いもしなかったことで」

「いやいや、それは、先生のお力ですよ。先生の思いが通じたのですから、よろしいことでした」

凰永は、玄斎が茶を飲み落ち着いたのを見計らうと、少しばかり身を乗り出して口を開いた。

「先生、私も八十になり、貫主を退き、このたび、この寺を息子に譲ることに決めましてね。それを機に、客殿の襖を新装しようと思いつきました」

玄斎が「そうでしたか」と相槌を入れると、さらに凰永は続けた。

「そこで、その話を家内にしたところ、家内は、お贈りいただいた先生の虎が、大変気に入っておりまして……。このたびの襖も先生にお任せしたいと言い出しました。それで今日は、大変失礼ですが、お礼をかねてお招きさせていただいたのです」

敏子は、凰永の言葉に合わせるように大きくうなずいた。

「そうでございましたか」

玄斎は、この寺に、自分が呼び出された理由がわかってきた。

玄斎が、このたびのことを納得したと捉えたのか、敏子は続けた。

「祐史さまは、来るたびに先生のことを口にされておりましてね。先生は墨にこだわった書家とお聞きしていたものですから。あの虎の作品を贈られた時は、何かの間違いではないかと思いましてね」

「ああ、そうでしたか。私は世間では、書家で通っていますから、ご無理のないことです」

玄斎は笑った。

「私としては、世間から何と呼ばれようといいと思っているのです。それは、手法の問題で、大事なのは、自分の心ゆくまで仕事をすることだという思いがありましてね」

「一番大切なことですね」

敏子は、真剣な表情を見せた。

「日本人というのは、どういうわけか、何かひとつのことを専門に突き詰めていく人を高く評価する傾向があるようですね。ですが、私は心のままに咲くというのが好きなのです。私は、人間というのは、心が様々に動いていくものだと思うのです。私が、書を手がけながら画にも手を広げたというのは、私の中では自然なことでして」

話しながら玄斎は高揚した。

「それは先生の人生ですからね。先生は、いつ頃から画に興味を持たれるようになったのですか」

敏子の問いに、玄斎は一瞬目をつぶって答えた。

「書よりもずっと後で。書は、濃墨《こずみ》で書くということが、当たり前でしてね。しかし、水墨画は濃淡両方をひとつの画面に取り入れることが当たり前で、私は元来欲張りですから」

「芸術家は、それぐらいじゃないと成功しないのじゃないですか」

「それと、書で鍛えた線で画を描く人がいてもいいのではないかと思いましてね」

凰永が大きくうなずく。

「何しろ、お贈りいただいたあの虎は、画が言葉の力によって生かされている。家内は特にそこが気に入ったのですよ」

「あの虎は仕事ではありません」

「それであればなおさら、仏さまもお喜びのことと思います。ところで、ぶしつけで失礼ですが、このたびのお願いはお受けいただけるのでしょうか」

凰永は確かめるような口調だ。

「先ほどのお話ですね。凰永さま、その襖を飾るというところは、どのような場所でございますか」

「おう、そうそう。場所もまだご覧いただかず、お願いするなど、これは大変失礼しました。これから襖のある客殿にご案内いたしましょう」

凰永は、すぐさま椅子から立ちあがった。

凰永が先に立ち、貴晶、敏子、玄斎、祐史、そして、部屋の外で待機していた若い僧侶と続いた。

再び玄関の前を通り抜け、しばらく長い廊下を歩く。階段を上ると、三階の客殿の大広間にたどり着いた。

部屋の襖は玄斎の想像以上に巨大だった。

玄斎は思わず、「大きいですな」と言った。

襖は、真っ黒な漆塗りの縁が施されており、全八枚で構成されていた。そこでは、中国の伝統的な水墨技法で、山水と松林に鶴が十羽ばかり空を羽ばたいていた。

画と画の間は、幅広い空間が取られ、横の広がりを十分に意識して描かれたものであった。

作品は、墨の濃淡を自在に駆使した幽玄な風景画で、玄斎にも、それがなかなかの腕利きの手によるものだということがわかった。

「この襖は、この寺を建てた時に制作していただいたものです。その際、家内が、あれこれと自分の思いで注文をつけて描いていただいたものですから、画家さんには、えろう、ご苦労をかけたようです」

「そうですか。しかし、この襖を外されるのは勿体ないですね。出来栄えもなかなかのものですし……。この作品は、どうされるのですか」

同じ描き手として気になるところであった。

「これは、先生がおっしゃったように、立派な作品ですし、いただく時には、家内も、力を入れたものです。具体的に、これをどうするということは、まだ決めておりませんが、参拝された方々に、どこかで見ていただけるようにするということで家内とは話をしております」

この寺の広い敷地であれば、それは十分に可能なことであると思った。

「そうですか」

「このことは、息子も承知しております。美術品を大切にしていくことは、伝統としてしっかり守っていくようにと言っているのです」

敏子が不意に言った。

「先生、立ち話ではおつかれになりますから、お座りくださいませ」

敏子の声に、若い僧侶があわてて部屋の隅にあった座ぶとんを持ってきた。そして玄斎達は、腰を下ろした。

玄斎は腕組みをしながら改めて天井を見あげると、「それにしても、ご立派な客殿ですね」とつぶやいた。

「このような立派なお寺さまなら、描かせていただきたいという方がたくさんおられるのではないでしょうか」

玄斎は、改めて目線を天井から襖に移しながら言った。

「私どもも、信徒であるないにかかわらず、画家さんとは、それなりに、お付き合いがございます。ですがこのたびは、家内も私もぜひ、先生にと心を決めております。この息子も、やはり先生の虎を気に入っている一人なのです」

玄斎は身の引き締まる思いだった。

「承知いたしました。まことに光栄なことでございます。ご期待に応えられるものになるかどうか定かではありませんが、渾身《こんしん》の力を込めて描かせていただきます」

そして、玄斎は次第に顔がこわばってくるのを感じるのだった。

制作

玄斎にとっては、何をどう書くかということは、どう生きるかということであった。

これは、書き手の心棒というべきもので、玄斎は、そこに、自分の存在感がなければならないと常に考えていた。

成福院から依頼された襖の制作は、今まで手がけたことのない大きな課題であった。

自分は、墨の美の可能性を遺憾なく発揮した世界を表現しなければならない。そのように玄斎は思っていた。

成福院の襖の構想について、様々なことが脳裏をよぎる日々を過ごした。そんなある日、「入我我入《にゅうがにゅう》」という経典の文句が玄斎の目に飛び込んできた。

この襖は寺の客殿にあり、多くの人が仏に対するような気持ちで眺める。人々の集まる場所なので、心を慰する空間でなければならない。そのことが念頭にあった。

仏とは形のないもの見えないもの、書も同じである。

「入我我入」は、仏教の経典の「舎利礼文《らいもん》」の中にあり、「仏は自分のために現れて、自分の中に流れ込み、自分は仏の中に溶け込む」という意味である。「入我我入」は、ひとつの文句の中に同じ文字が二つずつある。作品的には、これが大きなテーマとなる。同じ文字が重なることを逆手にとって、形を変え、線質を変え、書いていく。

このことで、永年にわたり鍛えられた玄斎の技量が問われる。その挑戦は玄斎にとって魅力的であった。

晩年の玄斎は、これと思われる作品が生まれる時は、背後に、神仏があると信じるようになっていた。芸とは、見えない糸を追い求めるものだと知ったのだ。

「佛心我心」という書が、玄斎のアトリエに掲げられている。めったなことでは、自分の書を部屋に飾らない玄斎が、これは別格として扱っていた。一年ばかりかけて書きあげたもので、竹筆による、線の運びの激しい書である。それは、まさしく玄斎の心をそのまま書に仕立てたものである。

この「入我我入」の文字に龍と仏を組み合わせるという構想が浮かびあがっていた。

その図柄は、二匹の龍が天空で争うように雲間に舞い、その上に、慈母観音と不動明王が座っているというものである。イメージは心が決まると一瞬にして生まれる。

「相性が良ければいいのだが」

そう念じながら玄斎は墨を摩りはじめていた。相性とは墨と紙のことである。こだわりがなければ優れた作品は生まれてこない。玄斎は、このことを第一の信念にしていた。

玄斎は、このたびの作品制作にあたり、たくさんの門人の中から五名を選んだ。選ばれた門人達は、それを名誉なことであると思う一方、恐れた。玄斎の作品制作の時の激しい姿を何度か見ていたからである。

一作一印という言葉がある。これは、ひとつの作品のために、その作品に調和した印を刻《ほ》り、それを捺《お》すことを意味する。そしてその印は、その後一切使わない。

玄斎は、代表的な作品において、一作一印を貫いてきた。

さらにこのたびは、それに輪をかけたことを行った。玄斎は私財をなげうって、この一作のために竹を建築資材としたアトリエを新築したのである。

玄斎は、ここを竹林房と言った。新しいアトリエは、竹林で囲まれ、外から見えない造りとなっていた。

「今から取りかかるぞ」

玄斎は、選んだ門人に指示して、アトリエの畳の上に、縦三メートル、横二十メートルばかりの真っ赤な毛せんを敷きつめさせ、そのそばに硯や墨、水滴などを配置させた。そしてそこに、画仙紙を広げさせた。

このぐらいの大作になると、普段であれば、門人数人に墨を摩らせるか、墨汁を用いるか、墨磨り機を動かすかのどれかを選ぶ。だがこのたびは、寺に納める作品を描くという緊張もあり、玄斎は何時間かかっても自分で墨を摩ると決めていた。墨の量が多いだけに、この作業に時間がかかることは玄斎も十分承知していた。

玄斎は、硯を手元に引き寄せると早くも墨を摩りはじめた。

この間、門人は一言も言葉を発しない。

アトリエの中は琴の弦を張り詰めたような緊張感があった。

玄斎は、時々手を休め、煙草を吸いながら、大きく息をし、天井を眺めて、また墨を摩るという流れを繰り返した。

沈黙して墨を摩りながら、玄斎は、作品の構想をさらに頭の中で練り整理をした。

永年習得してきた技である筆の運びが、どこまで発揮できるのか。これが勝負の分かれ目だと玄斎は自分に言い聞かせた。

一方で、これから生まれてくる未知なる作品の出来栄えには心がかき立てられる。

しかし、どうしたわけか、このたびの襖絵は取りかかった瞬間から、墨がいっこうに本来の生気を見せないのだった。墨色に生気がなければ書の線に活力が生まれない。

墨の色は、書の線質に大きな影響を与える。これは、書き手にとっては、文字の形以上に重要なことだ。玄斎は苛立った。墨は、水を選び、さらに摩る人を選び、その人そのものが墨色となる。永年の経験から、玄斎はこのように思っていた。

「墨は何が気に入らないのだ、自分が何をしたというのだ」

玄斎は苛立ちの中で、自分に言い聞かせるように筆を持つ肩の力を抜き、指もしなやかにして制作に挑んでいた。

しかし、墨の色は素知らぬ顔で玄斎の気配りと工夫を無視し、いっこうに本来の色を出そうとしなかった。

筆を取った時、空は晴れていたが、制作に取りかかると、あっという間に嵐となった。その勢いは、収まるどころか、そこに雷鳴が加わり、アトリエにはストロボのような強い閃光が雷鳴とともに光った。それは、まるで、玄斎をめがけて浴びせられているようにも感じられた。何かの怨念かとさえ思われた。

いつの間にか、玄斎の吸った煙草の灰が、あたり一面に落ちていた。吸っては、すぐさま吸い殻が灰皿にねじ込まれていった。

いつもの玄斎であれば、思うように書けなければ、そのまま繁華街に繰り出し気分転換をはかる。だが、この作品に関しては、玄斎は何故か手を休めるどころか、その抵抗に挑むように強く立ち向かっていた。それは、いっこうに生気を見せない墨との闘いでもあった。

今までなら、ある程度、時間をかければ、墨の色は、ほぼ自分のイメージに近いものになった。

しかし、このたびばかりは、どうしたわけか、そうならない。これは何なのだ。門人は次から次へと紙の山ができていくのを横目に見つつも、右に左にとせわしなく動いていた。

今まで何度か大作を制作することを手伝ってきた門人達も、このたびのようなスケールの大きい緊張感を持った作品の制作を手伝うということは経験がなかった。

ましてや、何をどのように書こうとしているのか、構想は、門人に示されないままに、玄斎の胸中にあり、手伝いの門人の動きに迷いを与えた。

「入我我入」を書くとなれば、その書には、その言葉以上の説得力がなければならない。それを制することができるかどうかは、書を構成する線の根底となる墨の色にかかっている。

この作品制作の現場は戦場のようなありさまで、広いアトリエには、すでに書き損じの紙が、無造作に山積みになり、それは修羅場と呼ぶのにふさわしかった。

「入我我入」が書きあがらなければ画に手をつけられない。玄斎の形相は、いつしか鬼のようになり目つきも険しくなっていった。

不意に玄斎は手伝っていた門人に、

「紙の位置が違う」と怒鳴った。

門人達は違っているはずがないと顔を見合わせたが、言われるままに、すべての紙の上部を一センチばかり上に引きあげた。

「そうだ、それでいい。前の紙の位置ぐらい覚えておかんか。本当に覚えの悪い奴らだ。墨の美の空白というものは一センチが命なのだ」

それですんだかと思うと今度は、

「文鎮の位置と角度が悪い。あの位置だと目障りだ」

と怒鳴り散らした。

厳密にいえば、文鎮は置いた位置によって作品に影響を及ぼすわけではない。だが、文鎮は黒檀なので、書き手の目には仮想の点画として映るのである。

「お前達は歳ばかりとっていっこうに育っておらん」

門人は口答えしなかった。

「おい、筆も替えるぞ」

玄斎は立ちあがると、アトリエの奥につり下げられている筆架の前に立った。毛の具合を指で確かめながら筆を選ぶ。

五本ばかり特別注文した太い筆は、すでに三本目が使われていた。

「お前達が、普段、わしの筆使いを、しっかり見ていれば、こうして、わしがいちいち筆を選ばなくともいいのだ。だが、お前達にはまだその力がない」

門人達も怒鳴られることには慣れていたが、このたびの作品への玄斎の取り組み方は、今までの作品と違うことに気付いていた。いつもよりも一段と玄斎の眼が鋭く、細やかなところまで、気配りしている。

狂気のように発せられる玄斎の厳しい苦言の数々は、ただひたすらに、この作品の完成に向けて集中していることの表れだと門人は耐えていた。

玄斎の気分屋で厳しい性格から、玄斎を満足させることは、百年師事していてもむずかしいだろうと門人達は思っていた。だがこのたびは、きわだって玄斎が異常に見えた。なぜ、これほどまでに時間をかけても、納得できる作品ができないのか。それは、玄斎が門人に自らの技術の未熟さをさらしているかのようにも思えた。

このことは、すべて妥協を許さない玄斎の姿勢ゆえであった。

しかし門人には、そのことは見えなかった。

玄斎は、筆を選ぶと静かに紙に向かい、摩りあがった墨を大きな陶器に移し、そこに筆を入れた。

玄斎は、筆に墨を含ませると、器の口元で、余分な墨を取り去り、穂先を揃え、また墨を付けるということを何度か繰り返した。

こうすることで、筆の穂先は整い、書き手は、心が落ち着くのだが、このたびは、その繰り返しが多くなり、門人達には玄斎が何かに迷っているように映った。

筆は、何よりも弾力が命で、その弾力は、この墨含みで決まった。

しばらくすると玄斎は、改めて腰の構えを大きくし、紙に向かった。そのまま一気に書きはじめるのかと思えば、また筆を容器に戻した。

そして、また思い直すように筆を整えた。そしてしばらくして、玄斎は堰《せき》を切ったように筆を落とした。

しかし、その筆の反動から来る弾力に、紙が強い抵抗を見せた。筆は紙に着いた時、書き手が加えている力の反動で一瞬開く。それが、この日は何故か鈍かった。筆の穂先が、からみあい、割れて、玄斎の思うようにならず、そこで流れが止まった。

書き出しがすべてを決める書というものには、そういうところがある。

玄斎は、ここに来てもまだ、リズムをつかみ切れないでいた。

すでに、どのぐらいの墨を摩り、紙を消費したであろうか。そして書き損じるたびに、怒鳴りながら門人に紙を替えさせていた。そこには、むきになって、焦る玄斎の姿があった。

アトリエの中で、無残にも書き損じた紙の山が次第に高くなっていった。

「薄手の紙に替えろ」

そう言うと玄斎は筆を置き、不機嫌そうな顔で崩れるようにその場に座り込んだ。そのありさまは疲労の度合いが極限に達しているかのように見えた。

門人達は、言われたように、書き損じの紙のみをはがして、そこにまた新しい紙を置いた。

それを見ていた玄斎はすぐさま大きな声で、

「何を、貧乏くさいことをやっているんだ。取り替えるのは全部だろうが、全部」

「全部ですか？」

玄斎の使っている紙は、特別に作らせている紙であり、全部替えないのは、その貴重さを知っている門人の配慮であった。

「当たり前だ。こうした連作は、紙が置かれた瞬間に、一連になるのだ。何を考えているのだ。こんな貧乏くさい紙で、わしに書を書かせる気なのか」

この言葉に門人達は、言われるままに、新しい羅紋箋《らもんせん》をアトリエの紙棚から取り出し用意すると、改めて、毛せんの上に置いた。

「そうだ。それでいいのだ。お前達、いつも言っているだろう。手伝いだと思っているから、こんなことにも気が付かないのだ。手伝っていても、自分が書いていると思わんとな」

玄斎の使う紙には買入れた年月日が書かれていて、替えるたびに指示をあおがなければならなかった。その指示を受けてから、包装紙を解いて出すので、時間がかかった。このことがまた、玄斎を苛立たせる。

書き手からすれば、自分の中にあるイメージが頭から消えぬうちにという思いが強くある。紙を出すリズムが、書き手の心に沿っていないと苛立ちが生まれ、それはいずれ怒りとなる。門人達は、その怒りに耐えていた。

「今度替えた羅紋箋のほうが、墨が伸びるだろう。墨も薄め直す。水を持って来い」

「水をですか？」

「そうだ」

門人の一人が玄斎に言われるままに、離れたところに置いておいた銅製の大きな水滴を持ってきて差し出した。

「これは、いつの水だ」

「今朝、汲《く》んだ小川の水でございます」

玄斎は激昂した。

「今朝汲んだ小川の水！　先ほどの墨の水も、これだったのか。馬鹿もん、昨日も嵐だったろうが、だから墨の色が出ないのだ」

水は新鮮な自然水がいいと玄斎は常々、口にしていた。門人達は、その言いつけを律儀に守ったのだが、それが今回に限っては裏目に出た。

水の質は、墨の色を大きく左右する。墨の摩り方も大事だが、水へのこだわりは、筆や紙とは別にあった。

この土地にアトリエを建てる時、玄斎は不動産屋に、すぐ近くに小川が流れていることという条件を付けた。それは紛れもなく水に対するこだわりのためであった。

こうやって書き続けていったが「入我」のところで終わってしまって、「我入」にまで筆が進むことがなかった。

それもこれも、墨の色が思ったように出ないことが原因だった。一見すれば、門人達には、それほど差がないように思えるのであるが、玄斎には、納得できなかった。

普通の人間が普通に見えるものも普通に見えなくなる。

言い換えれば、普通の人が見えないものが見えている。それが天才であり狂気なのかもしれない。

玄斎の動きを見ていると、いつもより腕の振りが単調で、筆の落差が少なく、それに伴い筆の開閉が鈍く、筆圧を生かし切れていないことが、門人達にもわかった。

どちらかというと筆を腕力で無理やりねじ伏せるように開いているというふうに映った。

「散らかった紙を片付けろ。一服する」

門人達は、部屋に山と積まれた紙を音をたてぬように一枚ずつ丁寧に伸ばし重ねていった。

「もっと早く片付けろ。まだ体が温まっているうちにやらんとな」

「はい」

「お前達は、仕事は丁寧だが、のろまなんだ。わしに温かい飯を冷めてから食べさせるようなもんだ、わかっているのか」

玄斎は、さらに追い討ちをかけた。

「今度は二層紙にする」

門人達は、アトリエの紙棚から二層紙を取り出してきた。

羅紋箋は、もともと薄い。このような大きな文字を書くとなると、紙が筆の勢いで破れる。薄い紙は、そのことを意識して筆を運ばざるをえないため、どこかぎこちなくなりやすい。

二層紙は、薄い紙を二枚重ねて作ったもので、紙の質は硬いが、それだけに、筆の抵抗に耐えられ破れることが少ない。

また紙に厚みがあるために、筆圧によって幅のある線になって表現力が広がる。

「お前達の紙の置き方には気持ちが入っていない。紙というのはな、ただ広げて置くのではなく、これ一枚と祈るような気持ちで置かねばならない。だがお前達には、祈りがない。だから、紙の神が怒って、わしに作品を書かせない。そうだろう」

門人にはうなずくより他に選択肢がなかった。

今日の玄斎は、いつになく肩に力が入っている。そのため筆圧が強い。

玄斎は、まるで今までの書き方を振り捨てるかのように、気を取り直して書きはじめた。

今度は、筆は進んだ。だがその途中で、厚手の紙が筆先を喰って紙が破れ、筆が止まった。

どうして、この先の文字まで筆がいかないのだ。

「駄目だ。今日は水が悪いのだ。水が」

玄斎は、こういう時、決して自分のせいにしない。

いくら永年の門人でも、自分のやることは、絶対だと思わせなければならない。

「お前達、疲れているのか」

「いいえ」

この「いいえ」か「はい」の二つが門人達の返事であった。

それ以外の言葉を発すれば、筆が刃となって首を刎《は》ね飛ばす。

玄斎には、そういう緊張感があった。

玄斎もなまじ、妥協すれば門人達の手前、やっつけ仕事だと見破られる。口数は少ないものの、門人達は、そういう眼を持っていた。

作務衣《さむえ》にも墨が飛び散り、玄斎には、疲労感がありありと見えた。

「今日はやめじゃ」

玄斎は、そう言うと、その場に座り込んだ。

こうした時、どう言葉をかけるべきか、門人達は、今まで何度も、その場面にぶつかってきたが、いかなる場合も無口に徹するのがいいということを承知していた。

「役立たず、お前達帰れ」

いつの間にか日は落ち、外は暗闇となっていた。

ガラス窓の内側に設置された障子を少しばかり開けると、そこから月がはっきりと見えた。

玄斎は一人になり、部屋の隅から鼓を取り出した。正座をすると、静寂を破るように鼓を打ちはじめる。

玄斎はこれという趣味もなく、ただ書一筋に七十年を過ごしてきた。だがただひとつ五十代に入ってから鼓と謡《うたい》を習っていた。打楽器は音譜がないのがいいと思い、始めたのが鼓であった。

玄斎は、自分の中にある邪気を追い払うように鼓をたたき続けた。

開眼

成福院の襖の制作に立ち向かう日々が続いた。

いっこうに、墨の色が冴えず、書の線に力が出ない。苛立ちは募るばかりだ。玄斎は明らかな疲れを感じていた。

お寺に捧げるという緊張からか、知らず知らずのうちに、自分を縛りつけてしまっていたようだ。筆が萎縮して作品とならず、玄斎は途方に暮れていた。悩みはすべて墨色がうまく出ないという一点にあった。墨の色といえば黒だが、その色合いと深さは無限である。様々な色は、ここから出発するというところがあり、玄斎が惹かれたのは、まさにこの点だった。

うまくいかない原因がどこにあるのかと、何度も自分に問いかけた。こんな未熟なはずがないと自分に言い聞かせ、首を大きく横に振ることで、玄斎はその迷いを振り払おうとしていた。

このままでは、作品にはならない。

これは自分の心の問題なのか、技術的な問題なのか、それが見えないまま、何日も悩んだ。

母子家庭で育ったということもあり、玄斎には、小さな時から、自分の問題は自分で解決するという習慣があった。

これまでも悩みがある時、よほどのことでなければ、他人に心を開いて相談するということはなかった。

唯一、玄斎が心を開き、相談をしてきたのは書の師匠であったが、その師匠にも、突如、破門されて以来、すべてを自分で解決してきた。

人間というものは、一度迷路に入ると、焦りから、今まで見えていたものも見えなくなってくる。

初めは、そのことを、十分承知したうえで、冷静に自分の状況を見つめつつ作品に取り組んでいたが、なんともならないままに今日まで来てしまった。

そうした時、玄斎の心にふと浮かんだのは、作品を依頼してきた凰永の存在であった。

凰永は、初めて会った時から、気高い高僧という威圧感はなかった。何かひたむきに、権威を捨て、仏の道に邁進《まいしん》しているようで、玄斎は、その姿に親しみを覚えていた。

玄斎は、この悩みを相談できるのは凰永しかいないと思った。

玄斎の中には、仏心が常にあった。このたびの依頼主である凰永は、初めて会った時から、孤高の存在として感じられ、玄斎の目に、まるで生き仏のように映っていたのだった。

だから凰永の目は、すべてを見極める大きな力を持っているように見えた。

しかし、そうした思いがあったとはいえ、自分が凰永にすぐさま相談を持ちかけたということが、世間や門人に知られれば、自らの威厳が落ちるとの思いが心の片隅にあり、玄斎はなかなか踏み切れないでいた。

ましてや、作品の依頼主に、相談を持ちかけたりしたら、一歩間違えば、敗者と捉えられかねない。それは凰永の信頼も失いかねないことだった。

しかし、この期に及んで、そのような体裁を気にしている場合ではない。

この場は、今の心の内を飾らずに、ありのまま凰永に伝えるのがいい。玄斎は、そう判断した。見栄も外聞も捨て、ひたすら作品完成のために、身を捧げたいという思いが、玄斎を再び信貴山に向かわせた。

初めて信貴山を訪れようとした時は、吹雪であったが、この日も雪が降った後だった。信貴山は、真っ白な雪でおおわれていた。おそらくは因縁とは、こういうものなのだろう。

――この眩しい白さは一体何なのだ――

玄斎は目を瞠《みは》った。その雪の白さは、それまで見ていた複雑な景色を単純化し、独自の景観を作っていた。

玄斎のなんともならない状況も、このように一気に変貌し、それが作品制作の大きな力とならないものか。

そんなことを考えた。

若い時は、構成を複雑にすることが作品の力になると信じた。積極的に複雑な構成にすることに力を注いできた。

しかし、年老いてくると、それは逆だと気付いた。いらないものを切り捨て、そこに必然性のあるものだけを存在させる。その一点に絞って、作品制作をすることが重要なのだ。そのことを自分自身の特性とするようつとめてきた。

だが、アトリエで広げられた、この雪のように真っ白い紙に書かれていく文字の墨の色は、書くたびに、ことごとく濁って生気を失っていった。

玄斎は、この雪の白さを見た時、改めてそのことを思い浮かべていた。

玄斎は、信貴山の石段を、ひとつひとつ、確かめるように登りながら成福院の門をくぐった。

玄斎が成福院の玄関に入ると、若い僧侶が待ち構えていて、すぐさま部屋に案内された。

通された部屋は、まだ玄斎の襖が入っていない客殿で、そこには人影はなかった。改めて、その広さに驚いた。

「ここは使われていないのですか」

「ええ、あなたさまに、作品をご依頼して以来、管長さまが、ここは使ってはならぬとおっしゃいましてね。あなたさま以外の方は、この部屋には入れないのです」

「そうでしたか」

玄斎は、この言葉を噛み締め、改めて凰永が、どのような思いで、それを言っているのかを考えた。

作品が手つかずということもあって、一段と心が重くなり、身のすくむ思いがした。

――やはり、今日は足を運ぶべきではなかったのではないだろうか――

電話では、ただ「もう一度お会いしたい」と伝えてあっただけなのだが、凰永は、玄斎の悩みを見抜いていたのかもしれないと思った。

しばらくすると、凰永が妻の敏子と若い僧侶を伴って客殿に入ってきた。

凰永の顔は幾分厳しく、無言のまま玄斎の前に座った。

そして、しばらくすると、そこへもう一人の若い僧侶が、お茶を運んできた。

凰永は、一気にお茶を飲みほすと鋭い目つきで、

「作品は進んでいるのですか」

と切り出した。

「それが、大変情けないのですが、なかなか……」

玄斎の言葉に凰永の顔は一段と険しくなった。

「今、どのような状態なのですか」

「文字は、私のイメージに近い形にはなっていくのですが、墨の色が私の思う色にならないのです」

「墨の魔術師と呼ばれていらっしゃる先生が肝心の墨の色を出せないとなると、これはただごとではないですな。しかしそれは、傍《はた》から見れば技術的な問題というよりも、気負いですよ」

「気負いですか」

玄斎はその言葉の意味がつかめないでいた。

「気負いは、煩悩でしてね、それが迷いとなる。そしてその迷いが流れを自然にしなくなるのですよ」

凰永は玄斎を諭すように言った。

「煩悩が、本来先生の中にある美を、むしり取ってしまうのです」

凰永はその言葉を追いかけるように付け加えた。

「先生がどういうお気持ちで、作品に取り組んでいらっしゃるかはわかりませんが、この間、ご奉納をいただいた玄関正面に飾ってある虎の画には、迷いや気負いが見えません」

玄斎は初めて、この寺に贈った虎の画についての印象を凰永から聞くことができた。

奉納した作品についてどうですか、と尋ねることは、自分の技量を問うことになる。口が裂けても自分のほうからそのことに触れることはしないと決めていた。

「あの虎の画ですか。自分では、よくわかりませんが、おっしゃる通り、言葉も虎の姿も、突如、私の悩裏に浮かんだものを描いたもので、そこにあるのは、仏さまへの思いだけでした」

玄斎のその言葉は、この作品を手がけた時そのままの気持ちであった。

「しかし、先生、迷いがあるというのは、私から言わせれば生きているという証拠でしてね」

凰永の言葉を聞いても、玄斎にはいまひとつ真意がつかめなかった。

「悩みとか葛藤とかいうものは、ないほうがいいと思われるかもしれません。しかし、それは、ある意味で作品の厚みになっていくのではないでしょうか」

「作品の厚みですか」

玄斎は凰永が作品のことに踏み込んできたことに少しばかり驚いた。

「それは、人間に与えられた宿命みたいなものでしてね、悩みや葛藤があるから、作品に深みというか説得力が出てくる、そういうこともあるのではないでしょうか」

「説得力ですか」

玄斎は凰永の言葉には、実に深いものがあると思った。

「ですから、このたびの、私どもの寺に入れていただく作品も、技法ももちろん大切なのですが、それ以前に、描いた先生の魂のようなものが、いかに表現されているか、ここが感動に結びついていくと思うのです。そのことを私も家内も大事にしているのです」

「ありがたいことでございます」

玄斎は頭を下げた。

「私も、仏門に入るという宿命を持って生まれてきたのですが、修行中も、その後も、悩みや葛藤がありました」

「凰永さまでもですか」

玄斎は、このような言葉が凰永から出たことに驚きを隠せなかった。凰永は自分に心を開いているようだ。

「いや、私だけではない。お釈迦さまでさえ、それは、たくさんあったはずです」

「お釈迦さまでもですか」

「お釈迦さまは、もとは、人間であった。上流階級の家に生まれ、王子として育ったのだが、世の中の様々なありさまを見ていくうちに、矛盾を感じ、家を出て仏となった。その間、生きていく中で、多くの葛藤と悩みを持ち、そして、それを自分なりに悟っていかれた」

この話は、おぼろげながら聞いた記憶があった。

「先生。人間は一歩動けば、悩みが生まれてしまう。そう思われたらいいですよ、その形はいろいろですがね。ですから、物事に対しては、何事も自然体で臨むということが、一番いいことで、先生が筆を持った瞬間、そこに先生の血が流れ、筆が手足のようになっていく。これが大切だと思うのです」

その言葉に玄斎は改めて自分の手を見つめた。

「ええ。ですから、心のまま、ありのまま、それを、紙の上にのせる、先生の、その日の姿を、仏さまにさらけ出す。そういうお気持ちになられたらいかがかと」

「仏さまに甘えてよろしいのでございましょうか」

玄斎は、プライドを捨てて、自分の今の苦悩をそのままさらけ出すことが求められていると悟った。

「まっしぐらに作品をお書きになる、それ以外のことは、全部切り捨ててしまわれたらいいのですよ」

玄斎は自分の気持ちを一刀両断のもとに切られたという思いになった。

「私どもの願いは、ただひとつです。そこに存在する思いが見える。そういう作品であれば、それで十分なのです」

この言葉には、凰永の玄斎に対する気遣いが見えた。

「先生の仕事も、形のないものを組み立てていくという世界にありますね。大切なことは、自分の心に、逆らわないということなのです」

自分の心に逆らわないという生き方が、現実にどのようなことを指しているのか、玄斎はいまひとつつかめないでいた。

「私も、この頃、若い時と違って、気持ちというか、気力が衰えてきているので、それもあるのかもしれません」

玄斎は、今の状況をありのまま凰永に話した。

「歳は歳ですが、先生、老いるということは、いいこともあります。これには、二つあって、ひとつは、死を眼前にしているということですよ」

「死をですか」

「死というと人間は、怯えるのですが、その先が重要なのです」

死に対する恐怖は、玄斎には毎日のようにあった。

「人間、死に直面すると、初めは、恐怖心で狂います。ですが、やがてそこからは逃げられないとわかってくると、今まで見えなかったものが見えてきて、その時、そこに初めて素直な自分がいるということになるのです」

玄斎は、ただ凰永の言葉を理解したい一心で聞いていた。

「凰永さま、私は、とてもとても恐怖心が先に立ってしまって、まだ、そこまではいきません」

凰永の考え方が、どのような体験から出てきたのか、玄斎にはわからなかった。

「それはそうかもしれません。ですから、今の先生は中途半端なところにおられるのですよ」

「八十歳というのは中途半端でしょうか」

「個人差があるでしょうが、私から見れば中途半端です」

凰永はそっと微笑んだ。

「歳をとると、肉体はもちろん、感覚も知覚も衰え、気配りが行き届かなくなるとともに粗野になり、動きも次第に鈍くなるのです」

凰永の言葉に、玄斎はうなずいた。

「その通りです。平たく言えば、大雑把となる。そういうことですよ」

凰永も首を縦に振った。

「老いた美学というものは、それだと思うのです。そういう意味では、若い時のように、気合いを入れて描くというのは、不自然というか、今の先生のお体にそぐわなくなっているのではないでしょうか」

凰永が、年齢なりの生き方があると示唆していることを、玄斎は徐々に理解した。

「体にそぐわなくなれば、自然と作品にも無理がくる。そういうことではないでしょうか。今の先生はそれをなされているように見えるのですよ」

「言われてみると、その通りかもしれません」

玄斎は納得した。

「だから淡々とおやりになったらいいのです」

凰永は不思議な表情をしていた。

「私は、芸のためには、手段を選ばずやってきてしまった。多くの人を、踏み台にして傷つけてきたのです。こんなことを気にするようになったのも、歳だからなのでしょうか。今までは、そんなこと微塵も考えたことがなかった」

凰永は静かにうなずく。

「懺悔《ざんげ》するということは、仏さまに仕える基本です。そういう気持ちになられたということは、悪いことではありません。だが、私が言うのも妙ですが、芸一筋の気持ちがあったから、力強い作品が生まれた。そういうこともあるのではないですか。悪花になるのですよ」

玄斎は、物事をこのように捉える凰永は、通りいっぺんの人ではないのだと思った。

「ええ、そう言われてみると、私は、そのことを意識してやってきたわけではありませんが、そういう血が私に流れていて、それが作品になっていったということは、あるかもしれません」

玄斎は、正直に自分の気持ちを語った。

「先生、まだ命が惜しいですか」

「惜しくないと言ったら嘘になります」

「お若いですなあ。いずれ人間は死を迎えるということを、承知していても、それを否定して生きていこうとする。それは、先生が、まだまだ若いということですよ」

「そうでしょうか。凰永さまは、死への恐怖はないのですか」

玄斎は凰永に問うた。

「死ですか、それに近いことを経験していますからね。千日修行ですよ」

「千日修行は、命がけと聞いておりますが、それは、どのような修行なのですか」

玄斎は初めてこの寺を訪れた時、千日修行の存在については聞いていた。

「九日間何も食べず、眠らず横にならず、十万遍の不動真言を唱えるのです」

「命がけですね」

「最初に修行に取りかかった時は、空腹と疲労で、ほとんど、自分の体に意識がいかなくなってね、祈禱《きとう》している間、どこかへ体が持っていかれるような気がしたのですよ」

おそらく話を聞いたところで、その体感は決してわからないものだろう。そのように玄斎は漠然と思う。

「この間、水も一滴も飲んではいけないのです。ですから、お堂入りを始めて二、三日経つと、脱水症状が出てきて、五日目ぐらいになると、痰が詰まるので、五日目以降は、水でうがいをすることが許されているんです。うがいの水は、一日一回だけ持ってきてくれる」

その水はおそらく想像を超えた一滴なのだろうと玄斎は思った。

「初めての修行の時、祈禱しながら、このまま死んでしまうかと思っていたのですが、その時、お線香の灰が落ちる音が耳に届いたのです」

「灰の音がですか」

「その音を聞いた時、私は死なないと思いました」

話を聞きながら、玄斎は次第に緊張してきた。

「しかし、凰永さま、灰の落ちる音など、本当に聞こえるものなのでしょうか」

「ええ、私も普段は、そんな経験はありませんでしたからね。驚きました」

にわかには信じられない話で玄斎の経験にはなかった。しかし、宗教の世界というものは、そういうものなのかもしれない。

「修行を始める前、死は、覚悟していました。つまり、命ごいをしていたわけではありませんので、動揺はしませんでした。けれどそういうことがあったのです。この時、死というものは、覚悟している時にはやってこないものなのだと思いました」

これが悟りというものなのだろうか。玄斎は、話を聞いていると、何か遠い世界のことのように思えた。

「凰永さま、先ほど申しあげた通り、正直なところ、私には、毎日のように、死への恐怖がありましてね」

「先生、歳というものは争えないのですよ、いくらお金を積んでも、こればかりは、どうにもならないものです。非情な言い方かもしれません、先生がいくら頑張ってみても、命には終わりがある。ですから、死を恐れる必要はないのですよ」

「ええ。しかし、芸には終わりがないのです。だから命が惜しいのです」

「その気持ちは十分わかります。しかし、そのことを仏さまは、許さないでしょう」

「墨というものは、私にとって命なのです」

玄斎は凰永の言葉にくらいつくように言った。

「私は芸術というものを深く理解しているわけではありませんが、芸術作品というものは、作者そのものの存在をつつみかくさず、さらけ出したものがいいと思っています」

玄斎は大きくうなずく。

「ええ、本音ですね」

「そうです、本性を正直にさらけ出した人の作品は、人に必ず感動を与える」

自分がこれから手がけようとしている作品が、果たして、そのようになっていくのか。玄斎にはまだ自信がなかった。

「先生、正直なことを申しあげれば、何の悩みも葛藤もなく、ただ、さらさらと描いているというのでは、それでは、人の心は動かないものです」

「ええ」

「ですから、私は、作品がうまく描かれているかどうかということよりも、その人の魂が見たい。そのようにいつも思っているのです」

「魂ですね」

玄斎は念を押すように言った。

「玄斎先生、人間というものは一歩動いたら、悩みというものが、つきまとってくる。そのように思われたほうがいい」

「まだ生ぬるいということでしょうかね。本当に命がけで作品を描いたことがあるのかと問われれば、それはないと言うしかありません。まだまだ甘いのでしょうか」

玄斎は問い詰めるように言った。

「まあ、命がけで作品を描いたから、いいものができるかというと、一概に言えないと思うのです。私どもの世界と先生の世界は違うのです。私は、いつも仏さまのことを第一に考えております。坊主が死に怯えていたのでは、何ともならないでしょう。仏門に入る時は、若かったので生死などということは、考えていませんでしたが」

「そうですか」

凰永は目をつぶって言った。

「人間、好きなことをやっているという強みは、何物にも代えがたいのです。好きなことをやっていると、自分の中の才能を自分で、引き出すことができる。

これが強みで、先生もそうでしょう。そして今の先生には、若い者にはない老学というものがあるのです。ですから、先生も、若い時のような動きで、気合いを入れて書くのではなく、淡々とお書きになったらいかがですか。このたびの仕事は、そのお歳まで生きてこられたことのご褒美だと思ってなされたらいかがですか」

この言葉に、玄斎のすべての不安は取り除かれた。

「凰永さま、やはり信貴山というところは、心の病を払ってくれるところなんですね」

芸魂

この間までの混迷は何であったのか。

玄斎は、凰永に会ってから気持ちを切り替え、真新しい白の着物を着てアトリエに立った。

それまでの玄斎は、作品制作の時はいつも黒の作務衣だったが、この口はどうしても、白の着物を着たいと思った。

永年、玄斎の制作を手伝っている門人達も、もちろん、このような玄斎の姿を見るのは初めてだった。

そして、そこには、玄斎の並々ならぬ決意のようなものが見えた。

「これでうまくいかなければ、仏さまが、わしの書をお望みでないということだ」

玄斎は、独りごとのように言った。

これで、この作品ができなければ、その時は、アトリエに火をつけ自分も灰になる。玄斎は、そんな覚悟で臨んでいた。

玄斎は、硯を硯棚から自ら取り出した。桐箱に入った伝助の作った墨を取り出し準備に入る。

「この硯をお使いになるのは久しぶりですね」

古い門人が声をかけた。

「ああ、これは名硯ではないが、かけ出しの頃、身銭を切って買ったものなのだ。二十三歳で、初めて日展に入選した時の記念の硯でね」

「そういう思い出のある硯ですか」

「このたびの作品は、この間まで気負いもあり、凰永大僧正と会うまでは、名硯や名墨にこだわっていた。だが、それが邪魔をしているのだと気が付いて墨も制作の仕方も変えることにしたのだよ」

門人は、玄斎の異様な気迫を感じた。

「文字の意味は、むろん大切にしなければならない。だが、襖は、それを見た人の心が豊かになるものでないといけないと気が付いてね」

「そうですか」

門人は納得した。

「それで、今まで使っていた中国の名墨を、淡墨が美しい伝助が作った松煙墨に替えることにしたのだよ」

書き手から生まれる線質は、二つに大別される。

そのひとつは、仏画などに用いられている線である。

これは、画の輪郭などに用いられるもので、太さは、ほぼ一定しており、一本の線を引く時には、一息に引く。

それはよどみなく引かれ、ほとんど肥痩がなく均一の太さの線となる。

これらは、鉄線と呼ばれ日本画などに用いられている。この線は、感情を深く内側に沈めて引く線なので、静的な線である。

これに対し、書の線は墨をつけた筆を紙に打ち込んで一気に引いていく。

掌の圧力の強弱が筆に伝わり、線は肥痩を形作り、これらは、墨と紙と筆によって様々な意匠を見せる。

線が太くなれば墨の面積が広くなり、その色の質が問われる。

淡墨にするということは、それまでの、玄斎の心を解放するということでもあった。

身も心も、もっと自在にすることが、この襖作品の制作に極めて重要なことだと気が付いた。

書というものは、点画に対する筆扱いの決断が、何よりも重要なことだ。瞬時に定め、次の点画に筆を移していく。

淡墨は、滲みを持ち、その肌の色も一通りではない。

「この墨が、どんな色を見せるかだ」

玄斎は独りごとのように、ポツリと言った。

その言葉の裏には、玄斎の経験と伝助の職人技を率直に繰り出して作ってきたこの墨を信じたいという思いがあった。

アトリエいっぱいに敷かれた真っ赤な毛せんの上に、門人が紙を載せたのを確かめると、玄斎は太い筆を持って墨の入った器のそばに行き、筆に墨をたっぷりと含ませた。

玄斎は、紙の前に仁王立ちになると、脚を大きく開き、天に届けといわんばかりの勢いで、筆を高々と持ちあげ「入我我入」に挑んだ。

筆の弾力が、今までにない響きで伝わり、ことごとく開かなかったはずの筆は、開閉が自在となった。一点一画に命を託す玄斎の気力が紙に伝わり、紙の上を前後左右に動く玄斎の足腰も、歳を忘れさせるほど軽快になっていった。

それは、門人達も久々に見る玄斎の姿であった。

玄斎に初めて笑顔が見えた。

「ようございましたね」

門人がほっとした様子で言った。

淡墨作品は、濃墨作品と違って、書いてすぐさま選ぶわけにはいかない。時間を置くと、線の太さは、墨の滲みで書きあげた時とは変化し、また墨の色も乾燥するにしたがって変化する。そのために作品の良し悪しをその場で決めることはできない。

玄斎は、翌朝早く目覚め、アトリエに入った。書きあがっていた何組かの作品を前に手を組みゆっくりと歩きながら眺める。

「これにしよう」

一組を選んだ。

「書の作品ができた。あとは龍と仏さまだ」

「入我我入」が書きあがったことで、玄斎の肩の荷は少しばかり軽くなった。

「しかし、これは一山越えたに過ぎない。気を抜くわけにはいかない」

玄斎は、自分にそう言い聞かせると気を引き締めた。

墨の色は、千色とも万色とも言い、その微妙な美しさは、書き手でなければ体感できない。

「入我我入」に添える画には、龍に慈母観音と不動明王を配するつもりでいた。

玄斎は、常に美には、陰陽の存在が重要と考えていた。

世に、女と男があるように、どちらが欠けても面白くない。

限りない欲望も、この二つから生まれる。欲望とは生きる力の源となる。

龍は二匹描くつもりでいた。一匹にしなかったのも、陰陽へのこだわりゆえであった。

「入我我入」の作品を選び終わると、玄斎は、すぐさま門人をアトリエに呼んだ。

二匹の龍と、二仏をどう描くか。

龍は、姿はほぼ優劣なく、同じように描き、顔の表情で各々の性格を見せたいと思っていた。

画を描く時は、書を書く時よりも、筆の数は多くなり、墨の濃淡の種類も多く必要とする。陶器の絵皿も多くなる。道具をつぶさに確認しながら、門人に「そろそろ始めるか」と声をかけた。

玄斎は、しばらくアトリエの広間いっぱいに敷かれた紙の前に立ち、黙禱をしていたが、やがて目を開くと、口に小筆を一本くわえた。そして右手に太筆を持つと、紙に体を近づけていった。

手始めに、右側の龍を描きはじめた。

龍の姿全体を描きあげてから、最後に眼を入れるという方法を、玄斎はかつて行っていた。だが、生き物は、すべて眼の表情で決まるということが、長い間の経験からわかってきた。だからこのたびは、龍も眼から手がけることにした。

手にしていた太い筆に濃い墨を含ませると、龍の顔の輪郭を描いた。そして眼に手をつけた。眼は太めの面相筆で挑んだ。

眼の輪郭の大きさ、それに対しての黒目の大きさ。最も重要なことは、その眼が何を捕らえようとしているのか、そこが明確でなければならないということだ。

小さな部分であるが、生き物の決め手だと思うと、描き出しから気持ちが高ぶる。大きな体をした龍であるが、この眼力にかかっている。

玄斎は、口元を引き締めながら、この一点に集中した。

面相筆を一度置くと、この龍の眼を描くために取り出した小さな端渓《たんけい》の硯で墨を改めて数十分ばかり摩った。墨は一段と濃くなる。その墨に筆をつけた。

眼の輪郭は、筆の弾力をしっかりと保ち、紙に食い込ませ、次第に筆圧を加え、筆を開き、筆をもとに戻すということで、一気に描きあげる。そして、目玉をぬり完成した。白目がどの位置になるのか。これが眼の性格を決める。仕上げにまつげを鋭く描いた。

まつげは、細い線であるが、各々線の方向も変え、毛の質感も工夫しながら描いた。

「入我我入」の書が大きな文字を書いていたのに対し、画に入ると、それは、まったく、別の世界であった。繊細な玄斎の持つ筆は、さらに、二本の角へと向かった。

それは鹿の角を模したもので、それだけに線に凹凸をつけ質感を表現しなければならない。

やがて絵柄が進むと真っ直ぐに持っていた筆を上下左右に振り、寝かせたり、起こしたりし、その反動を確かめながら描いていった。あるところは鋭く、あるところは鈍く、この使い分けが重要であった。

玄斎の描こうとする龍は、口を大きく開け、長い舌を伸ばし天に向かって吼《ほ》えている。

そして長いひげは、宙を舞いたてがみが風に激しくなびく。

太い筆で、顔の輪郭を仕上げると、玄斎の筆は、やがて口元に行き、たてがみへと向かった。たてがみは筆を横倒しにした側筆のかすれた線で描きあげた。

この間、玄斎は、数本の筆を取り替えていた。

紙の上で太い筆を両手で持ちながら、胴体のウロコを濃い墨でリズミカルに描きあげる。やがてその筆は、腹の部分に差し掛かった。そこは、蛇の腹と同じ縦縞の繰り返しで、筆の穂先を使い分けながら描いていく。

龍の手足は、鷹のように、鋭い爪を持ち、片方の手は突き金の珠を持っている。一度ねらいをつけたら見逃さない鋭い眼。そして、その眼に入ったものを捕らえる、鷹を模した鋭い鉤爪《かぎづめ》。

これらが仕上がると次の紙に移り、同じ手法で龍の姿を描きあげた。

墨が完全に乾かぬうちに、淡い墨で全体をぬっていった。乾き切らないうちにぬることで濃い墨と淡い墨が微妙な滲みをもたらし、それが、深い味わいとなる。この時、紙の上を墨が動く。この混然とした美しさを、どこまで出せるか、そこに、玄斎が墨の魔術師と呼ばれるゆえんである特性と存在感があった。勢いを失わないうちに、自分の体が熱いうちに、次のものに取りかからなければならない。

玄斎は自分に言い聞かせると、慈母観音に手をつけていった。

玄斎は、墨切れのよい面相筆に、濃い墨を含ませると、ゆっくりと慈母観音の全体の輪郭を描きはじめた。慈母観音の豊満な体は、曲線の扱いが決め手となる。

慈母観音の眼差しをどのように描けば母親のようになるか、そのことが玄斎の頭の中にあった。

曲線を描いていく途中で息を抜くことはできない。息を止めたまま運筆する。慈母観音の輪郭は、細い線で描く。だが細い線は、鋭くなりやすい。その鋭さを抑え、ぬくもりのある線にしていかなければならない。

玄斎は、そのように決めると、小さな端渓の硯を門人に用意させ、改めて墨を摩ると、その墨でもって描きあげた。

慈母観音は顔の部分から描きはじめた。慈母観音でむずかしいのは、慈愛に満ちた顔と抱かれた子供の眼である。全体を同じ太さで描きあげると、その上に肌を除いた白衣と岩、そして慈母観音が座っている岩の下を流れる水に淡い墨を配していった。これが終わると、そこには、龍の上に少しばかり斜めに座った慈母観音が見えた。

次は不動明王だ。

縄で、自分の思いのままにすべてを引き寄せ、手にした剣で切り捨てていく。

玄斎の生涯は、まさしくこの不動明王の持った宿命と共通するものがあった。

玄斎は、自分の欲しいものはすべて強引に引き寄せ、思い通りにしてきた。そしてそれが玄斎の作品の裏付けとなっていた。

自分の芸のためなら、なりふり構わぬというのが、玄斎のこれまでの生き方であった。

不動明王の荒々しくたくましい姿を表現するためには、筆を毛質の粗い山馬の太い毛でできたものに替えなければならなかった。濃墨を含ませると、慈母観音とは逆に、高いところから筆をおろし、激しい筆使いで一気に描きはじめた。

不動明王は、自分自身だという確信がある。筆は玄斎の心のままに動いていった。それは大胆で鮮やかなものだった。細部にこだわらず一気に描きぬく。この貫通力こそが不動明王を表現する際の命なのだと玄斎は自分に言い聞かせた。

今にも飛び出さんばかりの黒目を配された大きな眼。

くの字の、しっかりとした口つき、そして分厚い胴体と腕には、筋肉の盛りあがりがある。この肉感は、慈母観音とは対照的であった。

玄斎は、粗い筆一本で、不動明王を描いていった。

やがて、それらが描きあがると、肌は、筆を替えてやや濃い目の淡墨で、荒々しいタッチでぬり込んだ。

さらに玄斎は筆を替え、髪の毛に手をつけた。筆の穂先を横に寝かせ、濃い墨でゆっくり筆の毛質を生かしながら側筆で描きあげていった。

その線質は、大きな波のようなうねりを繰り出し、周囲の空間を押さえ込むかのように、天に向けてなびいていった。

そして、ついに玄斎は火焔光背に手をつけた。

筆を太いものに取り替え、淡い墨をたっぷりと含ませる。筆の穂先を横倒しにして、初めは、ゆっくり紙の上で筆を運んでいたが、やがて、その筆使いは、速くなり、荒々しくうねりながら筆を運ぶことで、炎の先端の燃えている部分の表現に手をつけていった。炎は、まさしく不動明王のものであるが、それは、また玄斎のものでもある。

不動明王は龍の体にしっかりと腰を下ろし正面を見つめていた。

左右に向かいあうように配された二匹の龍は、天に向けて唸りをあげている。今にも唸り声が聞こえてきそうな表情であり、その二匹の龍の左に不動明王、右側には慈母観音が描きあげられた。

玄斎は、改めて、脚立の上から、完成した襖を見た。

「これが、今の私の力なのだ」

自分に言い聞かせると、眼から涙があふれた。

玄斎は、その安堵感からアトリエの床に横たわった。いつの間にか、アトリエの竹林が騒ぎ出し、葉擦れが部屋全体に響いてきた。

襖絵から抜け出た龍が、竹の天井に向かって雲間をうねり舞いあがるのが見えた。

これは幻だ。玄斎は自分の眼を疑った。そこには、現実とも幻とも見さかいのつかない虚空があった。

遭遇

玄斎は、すべてを出し切ったとの気持ちで北陸の東尋坊を訪れた。その足で近くにある大禅寺に行き、そこで再び慈母観音に掌を合わせていた。

数年前に画題を求め、東尋坊を訪れたのであるが、その帰り、足の向くままに大禅寺に出向き、そこに祀られていた慈母観音に母親の姿を見たのだった。それには少年時代触れることの少なかった母の甘い肌のぬくもりがあった。以来、何かあると必ず、東尋坊の岩の上に立ち、波の音で心を洗い、その足で大禅寺に向かって、慈母観音に掌を合わせるということが、玄斎の習慣になっていた。

成福院の襖は、玄斎が、全身全霊で打ち込んだ作品となった。今までと違って、様々な葛藤の上に完成したということもあり、玄斎には、高い山を登りつめたような充実感があった。

同じものが、ひとつとしてない、切り立った東尋坊の岩肌は、怒濤のように打ち寄せる波の力によって独特の形を作り出している。

玄斎は、この日も、東尋坊の岩壁の上に立った。

人の一生など、この壮大な岩の存在感に比べれば微々たるもの。そのような人生の中で、いかほどの美が創れるというのか。この言葉を幾度も自分に問いかけていた。

玄斎は、その足で本堂の隣にある住職の住まいに歩いていった。

「ごめんください」

大きな声をかけると、すぐさま奥から、腰の曲がった老僧が顔を出し、「何かね」と返事をした。

「これから、ご本尊さまを、お参りさせていただきます」

「ああ」

この時期、京都や奈良の観光寺院であれば、多くの客でにぎわっているのだが、この寺には、人の気配がない。

玄斎は、そのままゆっくりと本堂に向かった。

本堂と言えば聞こえがいいが、それはもう何年も手を入れず、そのままここまで来たという風情のものだった。だが、歴史の趣を感じさせ、その素朴さに、何か惹かれるものがあった。

本堂の正面にたどり着くと、本堂に上る階段の下に、女学生の履くような黒い革靴が置いてあるのが目に映った。

こんな時期に学生とは。玄斎は、そう思いながら、階段を上り本堂の中に入っていった。

本堂に入ると正面には、大きな釈迦如来像があり、間を置いてその右側に慈母観音が安置されている。いずれも金箔がはがれ、本堂同様に古びている。

その慈母観音の前に正座し、一心に掌を合わせている髪の長い少女の姿が目に映った。

――これはどうしたことだ――

玄斎は、釈迦如来像の前の賽銭箱に、賽銭を投げ入れると掌を合わせ、その少女に近づいていった。

少女は、玄斎の気配に振り返る様子もなく、一心に掌を合わせ何かを祈り続けている。

少女は一人で来ているので、修学旅行でないことは明らかだ。その姿は、高校生ぐらいに映った。

普通の寺参りであれば、賽銭を投げ入れ、掌を合わせたら、すぐさま、その場を立ち去るものだ。だが、その少女は、慈母観音の前に正座し、いっこうに動く気配がなく、熱心に掌を合わせ何か祈っていた。

玄斎は、その様子から、よほどのことがあるのだろうと感じながら、その少女の後ろ姿を見ていた。

真っ黒な長い髪がほぼ腰まで伸びていて、後ろを黒いゴムひもで結んでいる。長い黒髪が美しかった。玄斎は、じっと見ているうちに、いつしか、少女の細い指にも美しさを感じた。子供なのにこの妖しい美しさは、何なのだ。セーラー服の上から想像される少女の肢体はエロチシズムを漂わせていた。

そして、玄斎の本能が、その肌に、この手で画を描きたいと思わせた。

この歳まで、幾多の女と、歳の違いを超え接してきたが、このような思いになったのは、初めてであった。

しばらくすると少女は、ゆっくり立ちあがり、その場を去るのを惜しむかのように向きを変え、目を伏せると、玄斎に無言で頭を下げ、その場を去ろうとした。

玄斎は、少しばかり戸惑いながら、

「お嬢さん、私、何かいけないことをしたかね」

と思わず声をかけた。

少女は、玄斎の顔を恥ずかしそうに見つめながら、ゆっくりと首を横に振った。

そのまま、そこを立ち去ろうとする少女に、玄斎はさらに、

「あんなに長い時間、拝んでいるなんて、何かわけがあるのかね」

と尋ねた。少女はけげんな顔をして無言であった。

「何があったか知らないが、ここの慈母観音は、私にとっては、母親のようなものなのでね」

続けざまに玄斎が言うと、その言葉に少女は、不思議そうな顔をして一瞬玄

斎の顔を正面から見つめ、やっと言葉を発した。

「お母さま？」

「私は、何かあると、必ず、この慈母観音に掌を合わせに来るのだよ」

「慈母観音に？」

少女は、玄斎のその言葉に、心が惹かれたらしく初めて自分から話し出した。

「ひと月前、母が亡くなりました。今日が、ちょうど月命日なのです。母が早く極楽浄土に行けるようにと掌を合わせていました」

玄斎は感心した。

「君は優しいんだね」

少女は寂しそうな顔をした。

「実は母は、東尋坊で身を投げてしまったんです」

「そうか……」

玄斎は感情を抑えて言った。

その反応が嬉しかったのか、少女は少し、玄斎に気を許したようだった。

「しかし不思議なこともあるものだね。君も慈母観音、私も慈母観音、これは仏さまの引き合わせなのかもしれない。こういうのを仏縁というのだよ」

「仏縁？」

「仏さまが導いてくれた縁のことだ。君は若いから、このようなことはよくわからないのだろうが、私ぐらいになると、わかってくるのだよ」

少女はまるでわからない、という顔をした。

玄斎は思い切って、

「どうかね、このお寺は何もないので、どこかお茶を飲めるいいところへ案内してくれないかね」

と切り出した。

「お茶を？」

少女は一瞬戸惑った様子だったが、

「このそばの海辺にならら、母とよく行ったレストランがあるの」

と答えた。この機を逃してはならない。玄斎は、そう思うとたたみかけるよ

うに、

「君が知っているところならどこでもいいよ」

と言った。

玄斎は、他人のために、作品を制作することはあっても、自分自身の感動のために、作品を描いたという記憶はない。

この少女の肌に描くということは、まさしく、玄斎の制作欲を満たすこと以外の何物でもなかった。

その絵は、描きあがったとしても、肌を洗い流せば、一瞬にして消える。

しかしながら、その美しさが自分を満足させるものであれば、それは美としては、最高のものとして存在すると玄斎は思った。

桜の散っていくありさまや、東尋坊の砕け散る波の美しさ、それらは、二度と見ることができない。この肌に描くということも、そのことに似て一瞬の美に終わる。玄斎は、それがいいと思った。

考えてみれば、今までの玄斎は、観る人の存在を前提とした美の提供者であった。だが、このたびの少女の肌に描くという願望はまさしく自分のためにある。

もちろん、「肌に描く」なんていうことを、簡単にこの少女が承知するわけがないと思った。

その一方で、それをどうしても成し遂げたいという気持ちになっていった。ひとつの作品を描き終えると、次の作品に立ち向かう、これが作家の宿命というものである。このたびの禅寺参りは、そのための気持ちの整理が目的であった。そんな時に、少女と出会ってしまった。

「外にタクシーを待たせているので、そのレストランへ案内してくれないか」

「いいわ」

玄斎は、境内を早足で通り抜け、少女をタクシーの停まっている山門のほうに案内した。

「すまんなぁ、わがまま言って」

玄斎は、少女をタクシーに乗せるとその脇に座った。

「運転手さん、予定を変更する。すまんが、この子の案内に従って行ってくれんか」

「このお嬢さんの言う通りですね」

車が走り出すと玄斎は、

「お母さんのことは、先ほどの話でわかったが、お父さんはいないの」

と尋ねた。

「会ったことがないの。私が生まれると、父はその日から姿を見せなくなり、そのまま母は、女手ひとつで私を育ててきたそうよ」

まわりは、ほとんど広い水田であったが、それをしばらく行くと、やがて海辺に沿った松並木となり、車はその中を走っていった。

「おじさまって何をされている方？」

少女が玄斎に尋ねた。

「ああ、身分を明かさないで、いろいろ尋ねたりして、失礼なことをしたね。私は書を書いたり画を描いたりしているのだよ」

「芸術家の先生なの」

「そんなところだ。私は谷村玄斎というのだが、君の名は？」

「工藤真美です。真《まこと》に美しいと書いてマミ」

少女は短く答えた。

「真美さんか、真に美しいか……いい名前じゃないか」

しばらく海岸に沿った道路を走っていくと、そのレストランに着いた。

真美は車を降りながら、

「おじさまがいらっしゃるような立派なところではないのですが、このあたりでは、ここ一軒しかレストランがないの」

「気を遣わないでいいよ」

玄斎にとって、場所は問題ではなかった。ともかく少しでもこの真美と話をする機会を作りたいと思っていた。

車はレストランに横付けされた。

レストランは、木造平屋建てで、ところどころペンキが潮風にやられてはがれていた。

玄斎は、寒さを避けるように、速い足取りでレストランの中に入っていった。

「寒いから中へ入ってゆっくり話を聞こうかね」

「ええ」

中に入ると、バンダナを頭に巻いた夫婦らしき男女がいた。二人とも、玄斎と真美の顔を見ると一瞬、不思議そうな顔をしたが、すぐさま笑顔に戻った。

「いらっしゃいませ」

女が明るい声を出した。

真美は「こちらがママよ。おじさまは寒さに慣れていないみたいだから、窓際がいいでしょう」

そう言うと窓際のほうに席をとった。

「窓際はありがたい」

玄斎は真美に言われるままにそこに座った。

「ここは仲の良いご夫婦でやられているのよ。母が生きていた時は、よく連れてきてもらったの。シーフードカレーが美味しいんです」

「お母さんとかね」

「ええ。それに、この辺には、レストランはここしかないから、学校帰りにお友達とお茶をするのもここ」

ママと呼ばれた女が、水を運んできた。

「真美ちゃん珍しいね、お母さんが亡くなってから初めてじゃないの。今日はどうしたの？」

「今日このおじさまに、大禅寺で初めてお会いしたの」

「この方と」

女は再び不思議そうな顔をした。

「ええ。そしたら、お茶をしたいので、どこかないかと尋ねられたので、ここにお連れしたの。芸術家さんなんですって」

「芸術家？」

女は改めて玄斎の顔を見たが、それ以上は問わなかった。

「ところで飲み物は何にします」

「私はフルーツポンチ。おじさまは？」

「熱いコーヒーを」

やがてコーヒーとフルーツポンチが運ばれてきた。

玄斎はコーヒーに口をつけた。

「コーヒーの味はどう」

「渋いね。ちょっと酸味のあるのがいい」

民芸風のコーヒーカップは、いかにも夫婦の趣味を表している。

「ここのご夫婦は、コーヒー夫婦と呼ばれているぐらいコーヒーにこだわりを持ってるの。いつも二人で研究してるんですって」

「味というものは、好みがあるからむずかしい。ところで君は、中学生なのかね高校生なのかね？」

玄斎は気になっていたことを尋ねた。

「どっちに見えますか？」

真美がいたずらっぽく笑った。

一見幼いのだが、体全体から醸し出される雰囲気は、大人びていた。

しばらくの沈黙ののち、真美が口を割った。

「高校生よ」

「そうか」

顔つきは子供だが、体には艶《なま》めかしさがある。玄斎でなくても中学生か高校生かと言われれば迷ったに違いない。

玄斎は踏み込んだ。

「ところで、先ほどのお寺での話の続きになるが、君はお母さんが亡くなって、これからどうするのかね」

真美は一瞬、遠くを見るような目つきをした。

「学校をやめなければならないかもしれないんです」

「学校を？」

玄斎は顔を曇らせた。

「学校に行くだけなら方法はあるのだけれど、一人で暮らしていかなければならないので、学校をやめてお仕事しようかと」

「学校をやめて？」

「そうでないと、今住んでいるお家も追い出されてしまうから」

この言葉に、真美の生活が相当切迫したものであると感じた。

「それは大変なことだね。仕事は何をするの」

玄斎は、このまま連れ帰って真美を引き取ってもいいという気持ちになった。だが、今ここでそんなことを言い出せば、途端に怪しまれるという危惧を感じ、口をつぐんだ。

「でも、高校をやめて就職をするということは、あの世のお母さんも望んではいないだろうね」

真美は、また、寂しそうな表情をした。

「ええ。でも、無理なものは無理なのです。マンションの大家さんも、お香典と思って、しばらくは住んでもいいとおっしゃってくれているのだけれど、いつまでも甘えるわけにもいかないし」

玄斎はたたみかけるように聞いた。

「親戚はいないのかね」

「私の面倒をみてくれるような親戚はいません。母がいい再婚の話があったにもかかわらず、再婚しなかったものですから、親戚の反発を買ってしまって」

玄斎は煙草に火をつけると言葉を探すように一服した。

「こういうことがあるといけないから、早くにお母さんに再婚を勧めたのに、と、私の顔を見ると親戚の人は言ってくるのです」

「あの慈母観音が、君のお母さんであれば、私にとってもお母さんだから、人ごとのように思えなくなってしまってね」

沈黙ののち、玄斎はやっと言葉を探し当てた気持ちであった。

「むずかしいことはわからないけれども、こうやっておじさまに会って、ここまで来てしまったのも、不思議ね」

真美は少し笑った。

「君と会ったのがあの慈母観音の前でなければ、君も私に心を開いていないだろうね。ともかくうまく言えないが、困ったことがあれば力になってあげてもいい」

玄斎は抽象的に言うしかなかった。

真美が突然、

「おじさまの作品って、ネットで見られるの」

と言った。

「ホームページがあるはずだよ」

「そうなんですね」

そう言うと真美は、すぐさまバッグから携帯電話を取り出し、操作をした。

しばらくすると、玄斎の名前で検索した結果が出てきた。

「すごい。ウィキペディアにも出ているんだ」

「何かね、ウィキペディアとは？」

玄斎には何のことなのかわからない。

「ここに出ているということは、ちゃんとした人だということなの」

玄斎は苦笑した。

「そうか、今まで私は君に信用されていなかったということかね」

玄斎が少しばかり不機嫌になったのを察してか、真美が、

「でもね、私、おじさまを信用していなかったらレストランなど案内しなかったわ」

と言った。

「君とは初対面だから、疑われても仕方ないね。これで私も、少しは信用されたと思っていいのかね？」

真美は微笑んだ。

「ええ、そうよ。でも私、今、すごい人と会っているのね」

「そうかね」

玄斎の言葉を待たず、真美はカウンターの中の女に語りかけた。

「ねぇ、ママ、このおじさまね、公式ホームページがあるのよ」

そして玄斎のホームページを夫婦に見せた。

「ほら見てみて、これ。オフィシャルサイトがあるなんてすごいでしょう」

真美はどこか自慢気に言った。女が、

「すごい方なのね」

と言うと真美は、満足したようにまた席に戻った。そして、

「おじさま、ひとつだけ聞いてもいい？」

と玄斎に尋ねた。

「何のことかね」

「おじさまのお母さまのこと」

「急にどうしたのかね」

玄斎は突然の言葉に驚いたが、しばらく沈黙すると語りはじめた。

「私には産みの母親と育ての母親があってね」

「お母さまが二人も？」

真美は不思議そうな顔をした。

玄斎は、コーヒーを一口飲むと、再び煙草に火をつけた。そして窓から、大きく波打つ海岸を眺め、幼き日のことを回想した。

玄斎を産んだ母親は福島県にある炭鉱町に近い大きな港のそばの料亭街の売れっ子芸者だった。何人かの実業家を狂わせ、会社を破産させた女だったという。絶世の美女で、料亭街を歩いていく柳腰は、その街では有名だった。

どのようないきさつかわからないが、ある日突然、有力な資産家と結婚すると、母は玄斎を産み、芸者の道から足を洗った。だが、しばらくすると、その資産家が破産して、それを契機に母は夫と別れることになった。玄斎は、夫が出入りしていた料亭の女将の紹介で、そこで女中をしていた育ての母に引き取られた。

育ての母は、夏子といい、男運のない女だった。しばらく料亭に勤めていたが、見合いして知り合った鉄道員と結婚し、子供を宿すも流産し、そのうちに、その男も病気で亡くなってしまった。

玄斎を引き取った後も、その店に出入りしていたアメリカ帰りの通訳の男と付き合うようになったが、玄斎を引き取る時に貰った現金すらも、その男の賭博の資金とされ、あげくの果てに捨てられてしまった。

夏子は玄斎を育てるため、一度出た故郷へと戻り、農家相手に、カゴにたくさんの海産物や日用品などを詰め込んで、行商をしていた。

朝は早く夜は遅かった母親とは、玄斎は顔を合わせることがほとんどなかった。

玄斎は近所の子供達からは貰い子と言われ、家に閉じこもる日々。

そうした最中、町が主催した映画の鑑賞会で、連判状に筆で署名するシーンがあり、玄斎はそれに強烈に惹かれた。

しかし、書を始めるにしても道具が買えなかった。玄斎は、河原で石を拾い、小さな小刀でそれをひと月ばかりかけて削り、硯を作った。そして裏山から切り出した竹に、猫の毛を差し込んで筆を作った。

墨には、夏子が煮炊きをしている大きな土竈に残っていた燃え殻の炭を使った。その炭は長い間玄斎の手元にあった。玄斎はそれを現在でも母親の形見として持っている。

紙は障子紙を切ったものを使った。学校で書道の授業が始まり、その用紙を持っていくと教師からひんしゅくを買った。だが「家が貧乏なんです」と胸を張った。

玄斎は、母親が懸命に働き自分を育ててくれているということに、子供心にどこかで誇りを持っていた。

玄斎が、そこまで回想したところで、真美が、

「おじさまのお母さまは、何故亡くなってしまったの」

と問いかけてきた。

「母親というものは、不思議なものでね」

玄斎は語り出した。

「その頃、私は大きな個展に失敗した。母親に良いところを見せたいと思って大きな展覧会にかけていたのだ。ところが、それに失敗したことで、入院していた母親の医療費もままならないことになってしまった」

真美が神妙な面持ちでうなずいた。

「そしたら、そのことを見通していたかのように、その時期にあの世に行ってしまった」

玄斎は遠くを見た。

「母親のことでは後悔していることがひとつあるのだよ」

玄斎は、いつの間にか涙をこらえていた。

「どういうこと？」

「母が危ないと病院から知らせがあった時、母親が自分の眼前で亡くなっていくのを見たくないと思った。だから亡くなったとの知らせがあってから病院に行った」

「そんなひどいことを」

真美の目が一段と大きくなった。

「その時は、本当に母親が、自分の目の前で亡くなっていくのを、見たくないという強い思いがあってね。今になって冷静に考えれば、君の言う通りひどい話だ。だが、その時は、死んでいく母親の姿をどうしても見たくなかった」

「おじさまはお母さまが、そのようになるまで何もされなかったの」

真美が詰問する。

「やれることはすべてやった。それでも救われなくて、占い師に母親のことで相談をしたのだ。すると写経をするのがいいと言われたので、毎週八枚、写経し続けた」

「写経を？」

「ああ。母親が亡くなるまで、毎週八枚書いて母の病院の枕もとに入れては替え、決められた時間に、家の玄関で燃やすということを二年間続けた。病院の帰り道には寺があり、お地蔵さんが、たくさん並んでいた。そこへお参りをして、母親が一日も早く回復するようにと、拝み続けた。このようなことを藁《わら》にもすがるというのだろうね」

夏子が危篤の時、病院にすぐ行かなかったということについて、真美は少し怒ったかのように見えたが、この話を聞いて顔が和らいできたようだ。

「写経といえば、不思議なことが何度かあった。普段は、ぼそぼそと燃えるのだけど、ある時マッチで火をつけると、いきなり火に勢いがついて、花火のように、家の玄関の前にあった大きな柿の木の天辺に向かって一気に炎が舞いあがったことがあってね」

「そんなことがあるの」

真美は不思議そうな顔をした。

「また、家で写経をする時は、線香を遠くに立てて書くのだけれども、風もないのに書いている私のほうに、線香の煙がスーッと向かってきたこともあった」

本当の話である。

「そんなことがあるのね。でも、病院には最後まで行かなかった」

「ああ。でも亡くなったと知らせが入ったので、すぐに飛んでいったよ。病院に着いてすぐ、家内にもお医者さんにも看護師さんにも席をはずしてもらった。そして、その場で朝まで写経を何枚も書き続けた。その経文は、棺桶の中に納めたのだよ」

真美は眼に涙をいっぱいためて、恥ずかしそうにハンカチを取り出し目元をぬぐった。

「最後、おじさまの好きな書が、お母さまのために生かされたということになるのね」

玄斎は微笑んだ。

「母親のことをこんなに詳しく、他人に話すなんていうことは、今までになかった。何か話が少し暗くなってしまって申しわけなかったね」

玄斎は、改めてコーヒーを飲むと、真美が興奮から冷めたのを見計らって、

「どうかね、今度、東京で私の展覧会があるから観に来ないかね。その時、いろいろと君のことも相談に乗ってあげるから」

と誘った。

「展覧会？」

「東京へ遊びに行くという感覚でいいから」

「展覧会っていつなのかしら」

「来月だよ」

「来月か、来月なら行ってもいいかな」

真美は二つ返事で玄斎の誘いに乗った。

玄斎は、このたびの自分の気持ちを、この場所で話すことには、いまひとつ説得力がないと思っていた。

真美を説得するためには、自分の作品を見せる必要がある。そうした中でゆっくりと時間をかけて説得するのがいいだろう。

あとは、真美が本当に展覧会に来てくれるか。

このことにすべてをかける。それしかないと思った。

美観

玄斎の展覧会が東京の銀座のデパートで久々に開催された。

この展覧会は、新聞社が主催したものである。

会場には、テレビ、新聞、雑誌の予告の効果もあり、オープン前から入口に長い人の列ができていた。

玄斎は、先ほどから、お祝いに駆けつけてきた客と立ち話をしていたが、どこか落ち着きがなく浮ついていた。

――真美は展覧会に来るのだろうか――

「必ず初日にいらっしゃい」

そう念を押したこともあり、今日は真美のことがずっと気にかかっていた。

玄斎は、こうと思い込むと、相手の立場がどうであろうと、そのことに執念深く迫っていき、ひとつのことだけを思いつめるという性格だった。

これは芸術家特有の執念で、この執念が、今日まで、玄斎の芸を支える大きな力となっていた。

玄斎には、目的のためには、なりふり構わぬというところが、あらゆる面においてあった。このたびも自分の一方的な思いであったが、真美が展覧会に来ることにかけていた。

デパートの店員には、あらかじめ、真美のことを話してあった。くれぐれも女子高生を見過ごさないようにと伝えた。だが考えてみれば、店員は真美の顔を見たこともない。大勢の来場者の中で、ただ女子高生という説明だけでは、判別することはむずかしいだろう。

このこともあって、玄斎は落ち着かなかった。

それは、夕方だった。

真美が、現れた。

大勢の人に囲まれていた玄斎は、真美の姿にすぐ気付き、真美と視線が合うと笑顔になった。

対面した客との話を中断し、急ぎ足で出迎えるように真美のもとに向かった。

「会場に着いてもおじさまの顔が見えないので、いらっしゃってないのかと思ったの」

真美は不満そうな顔をした。

「今日、この会場の状況がわかってね。入口にいるわけにいかなくてここになってしまった。すまなかった」

玄斎はその真美の表情にあわてた。帰られては困る。

「おじさま、私、一人で東京なんて初めてなの。東京に来る時は、いつもお母さんが一緒だったから」

寂しそうな顔だ。玄斎は話題をそらした。

「この間、会った時は、セーラー服だったが、今日のジーンズもなかなか似合っているじゃないか」

お世辞ではなかった。その姿は、東尋坊のお寺で初めて会った時よりも、一段と色気を醸し出していた。

「このジーンズは、お母さんが亡くなる前に買ってもらったの」

「そうか、それでは今日は、私の展覧会にお母さんも一緒に見に来ているようなものだ」

「ええ、そんなこと思いもしなかったけれど、そう言われてみると、そうかもしれないわ」

玄斎は真美をここまで呼んではみたものの、正直なところ、その扱いに戸惑っていた。

「私の作品、初めて観ただろう。印象はどうかね？」

一番気になっていることを聞いた。この反応次第で、真美の裸に描くということを切り出そうと心に決めていたのだ。

「こんな大きな個展を観るのは、初めてで驚いてしまったの。暗い会場だったけど、面白いと思いました。展示されている作品の中には、私の好きなのが何点かあったわ」

玄斎から笑みがこぼれた。

このたびは、何としても、真美が東京にいる間に思いを貫かなければならない。それには、まず、真美を納得させなければならない。それが何よりも今、玄斎に課せられていることだった。

しかし、いくら好きな作品があった、と言われたとはいえ、この場で玄斎の気持ちを伝えるのは、武骨過ぎる。

玄斎ははやる自分の気持ちを抑えていた。そしてホテルで、ゆっくりと真美の好きな食事をさせながら話をするのがいいと思いついた。

「ここではなんなので場所を変えよう」

真美は驚いた様子だ。

「おじさま、まだこれからたくさんのお客さまがご挨拶にいらっしゃるのでは？」

玄斎は首を振った。

「ああ。それは、ありがたいことなのだが、ここには門人やデパートの店員がいるので、私は会場を出ても大丈夫なのだよ」

「そうなの？」

玄斎はうなずいた。

「しかし、本当に君が来るかなと、正直なところ昨夜から気が気じゃなかったんだよ」

「私が？」

真美は、いたずらっぽい笑みを見せた。

「でも、こうやって、遠いところからせっかくやってきてくれたのだから、今夜はゆっくりしたらいい。とりあえず、ちゃんとしたホテルを取ってあるから、安心してついていらっしゃい」

玄斎は真美に必要以上の警戒心を持たれないようにと心していた。

「すごい方なのに、初めてお会いした私みたいなものに、そこまで気を遣ってくださるなんて。お母さんが聞いたらバチが当たると言われかねないわ」

真美は嬉しそうに言った。

「そんなことはないよ、せっかく、東京に来たのだからゆっくりしたらいい」

そして玄斎はそばにいたデパートの会場係を呼び、

「今日は、これで私は失敬する」

と言った。突然の話に担当者には幾分戸惑いが見えた。

「何か急用がおできになったのですか」

そう言いながら担当者は、真美の顔をちらっと見た。

「いやー、この子は大事な子でね。わざわざ北陸から、出てきたんだよ」

言葉にこそ出さなかったが、不満が担当者の表情からよみとれた。

「承知いたしました、先生、お車の手配をいたしましょうか」

「いやいや、自分で拾うからいい」

玄斎はそれだけ言うと、会場を後にした。

デパートの外に出ると、そのまま手を挙げ、タクシーを拾った。真美を乗せると、「グランヴィアホテルに行ってくれ」と言った。

「魚介類は、君の住んでいる北陸にはかなわない。金沢に時々行くことがあるが、あそこで魚料理を食べて帰ってくると、東京の料理がいかに味気ないものかと思うことがあってね」

「そうなの」

「あれは、やはり地元で食べるから美味しいんだろうね。だから今日は、ステーキにしようと思うが、どうかねぇ」

「私、お肉大好きなの」

真美が笑った。その笑顔に玄斎は胸を撫で下ろした。

二十分ばかりタクシーに乗っていくと、グランヴィアホテルの正面玄関に着いた。玄斎は、タクシーから降りると、そのままホテルのフロントへ向かった。

「この子の部屋をシングルで予約しているのだがね」

「かしこまりました」

そう言うとフロントマンは、コンピュータに手をかけ検索した。

「本日から二泊でございますね」

「ああ」

玄斎はカードキーを受け取った。

「二日もお泊まりしていいの？」

真美が不安げに言った。

玄斎は真美の緊張を少しでもほぐそうと、優しい口調で返す。

「いやいや、何日泊まるかは、君の自由でいいのだよ。ただね、このホテルはいつも予約でいっぱいで、前もって取っておかないと連泊したいと言っても取れないのだ。だから予約しておいた。キャンセルは自由だからね」

「そんなにすごいところなの」

真美の表情はまだこわばっている。

「いつ帰るのかは、明日の朝起きてみて決めればいい。東京見物したいと思ったら、もう一泊でも二泊でもして帰ったらいい。お金の心配はいらない。ここのところ、お母さんのことで、何かと気づかれしているのだから」

「おじさまはお部屋取ってないの」

真美が不思議そうな顔をした。

「私の部屋は別の部屋で、これから一緒にチェックインする」

「別の部屋?」

そう問いかけながらも、真美は安堵しているようだった。

「初めてだし、祖父と孫のような君と私だが、いくら何でも、それはできないと思ってねぇ」

「そうなんだ」

玄斎は、真美にカードキーを渡すと、自らも手続きをすませた。

「それでは、お部屋にご案内いたします」

フロントマンが声をかけてきた。

「いやいや、これからステーキを食べに行くから、荷物は部屋に入れておいてくれたまえ」

玄斎はそう言うと、エレベーターで三十六階のレストランへ真美を案内した。

「夜景が綺麗でね、肉もうまいし見晴らしもいいし、きっと気に入るよ」

真美は、エレベーターからガラス越しに外の夜景を眺めていた。

「綺麗……」

「君の住んでいるところはどうかね」

「高い山が公園になっているところはあるの。そこからは夜景が見えるわ。でも、こんな素敵なホテルはないです」

三十六階に着くと、広いレストランは、すでに予約で満席となっていた。

そこは、鉄板焼きを売り物にしており、中央は、円形の大きなカウンターとなっていた。そこには白衣のコックが十名ばかり立って、肉を焼いている。

ガラス張りとなっていて、それに沿ってテーブルと椅子が配置され、客が夜景を見ながら、ステーキを食べ談笑している姿が見える。

「かっこいいね、おじさま」

真美は、テキパキとステーキを焼くコックの姿に目を瞠り、そんなことを言った。

「いらっしゃいませ、ご予約ありがとうございます」

玄斎と真美の姿を見るとボーイが声をかけてきた。二人は奥の個室に案内された。

そこには、黒ずんだ重厚なテーブルと椅子がセットされていた。

部屋からはガラス越しに夜景が見え、真美は改めて、その美しさに目を輝かせた。

「綺麗」

真美の瞳が一段と大きくなった。

「本当は、ステーキはカウンターで目の前で焼いてもらうほうがうまいのだが、今日はゆっくり君と話がしたいので、この部屋にしたのだよ」

「おじさま、こんなにしていただいていいの？」

「私が無理に東京へいらっしゃいと言ったのだから。このぐらい当たり前だろう」

「ありがとうございます」

「まぁ、本当に、ここでよかったかどうか、これからステーキを食べてみないとわからないがね」

玄斎が、本気とも冗談ともつかない言葉を発すると、真美はくすくす笑った。

しばらくすると、テーブルに白い大きな皿とナイフとフォークが用意された。

続いてサラダとスープが運ばれてくる。

「サラダを食べているうちに、ステーキが来るからね」

「おじさまは、よくここにはいらっしゃるの？」

「肉はめったに食べないが、相手に合わせてね」

「じゃあ、今日は、真美に合わせてくれたのね」

真美は、慣れない手つきでサラダに手をつけスープを口にした。

「美味しぃ」

「口に合ったかね」

「ええ、とっても」

「まあ、これからが本番だからねぇ」

真美の嬉しそうな様子を見ると、玄斎の心も浮き立った。

「ねぇ、おじさまの初めての個展は、何歳の時なの」

「二十歳の時だよ」

「そんなに早いの？」

真美は目を丸くした。

「実はそれには訳があってね。私は胃《い》潰瘍《かいよう》で大きな手術をしてもう助からないと思い込んでいた。だからベッドで作品を書いた。今まで私が書をやることを応援してくれた母親に恩返しをして死んでいきたいと思い込んでいてね。それで個展を突然やることになった。結局、病院に内緒で初日の会場に行ったものの、その場で吐血して、救急車で運ばれてしまったんだよ」

「なんてこと」

ますます真美は目を丸くした。

玄斎は、どのようにしても真美が帰るまでに、真美の肌に自分の抱くイメージを定着させたいと思っていた。何が真美の心を動かすのか。玄斎には、それがいまひとつつかめないでいた。

考えてみれば、長い間、この年代の女と接することはなかった。若い頃、書道塾で学生を教えた以外には、玄斎は若い子と接するということがなかったのである。

食事をさせ、ものは買ってやった。それなりの力は見せた。だが、そのようなことで真美の心が動くなどとは思わない。

だが一方で玄斎は、展覧会のために上京し、ホテルまで素直についてきて食事をする真美に、少しばかり希望を持ちはじめていた。

もとより、これは、玄斎のひとりよがりと言われても仕方ないことでもあった。

玄斎は、もう少し具体的に真美の心を探りたいと思っていた。

「先ほどの会場で話していた私の作品に対する感想だが、話が途中となってしまったので、もう少し、君の観た印象を話してくれないか」

展覧会会場のデパートでは、具体的に作品について真美の本音を聞くことができなかった。だから改めてそう切り出した。

「私、あんなにすごい作品を観たのは初めて」

真美は目を輝かせながら言った。

「おじさまは、墨の魔術師というのでしょう」

「世間ではそう呼んでいるがね」

玄斎は少しばかり照れくさくなった。

「本当に会場は、墨一色。あれはすごかったわ。私は墨というと、お習字しか知らなかったから感動してしまった。桜も黒だったもの。あんなことなかなか思い付かない」

真美は明らかに興奮している様子だった。玄斎は嬉しくなった。

「ああ、あれかね。桜の花もピンクであれば、観る人にはわかりやすいのだが、それではつまらない。ただ、美しいだけでなく桜の妖しさみたいなものを、どうしても表現したいと思ってね」

「ええ、花びらが真っ黒なんて、そんな桜、私は今まで見たことがないです」

「あの花びらも、淡墨のグレーでやれば、タッチはよい。しかし、それを避けて、黒々とした墨で点状にしたのだ。あれは墨を使ったから、そういう印象を与えることができたのでね、絵具だと綺麗だが、そうはいかない」

真美がこれほど丁寧に作品を観ていることに玄斎は満足していた。それは玄斎にとっては想定外のことであった。

「桜は、日本人の心の故郷というか、何か人々を惹きつけるものがある。しかし、ただピンクの桜はつまらない。そういう思いがずっとあった」

「すごい迫力で、あの作品の前に立った時、体が熱くなり、言葉が出なかった」

「そんな気持ちになってくれたのかね」

玄斎は、いつの間にか、自分の気持ちを素直に真美にさらけ出していた。

「おじさまに聞きたかったことがあるの」

「何のことかね」

「作品の中に輪郭から墨が、はみ出しているのがあったわよね」

「ああ、あれかね」

よく観ている。玄斎は、ますます満ち足りた気分だった。

「あれは、墨と墨が混じった時、墨が、そちらに行きたいと言っているのだ。私は、いつも墨は生き物だと思っている。墨には、自分勝手に命を燃やしていくところがあってね。これが面白いんだよ」

玄斎の難解な言葉にも、真美は必死についてこようとするのだった。

「ところで、おじさまの中で優れた作品というのは、どんな作品をいうの」

「急にむずかしいことを聞くね。私の中でそれは簡単なことでね。本能が、そのまま作品に表れたものだよ」

玄斎は、積み重ねてきた実感を惜しげもなく答えた。

「本能が？」

「本能は正直で、理性を食べてしまう、それが人の心に迫るのだよ」

「作品を作る時、おじさまが一番大事にしてるのは何なの」

「一番大事なことは、描いている時に、心の弾みが、筆の弾みにならないと駄目ということなんだよ」

真美の真剣な眼差しを見て、玄斎は、これで真美の肌に描く話を持ち出せる環境が整ったと確信した。

ステーキの載った熱い鉄の皿が二人の前に置かれる。煙が立ち込め、肉汁の香りがいっぱいに広がった。

「さあ熱いうちにいこうかね」

そう言うと玄斎はステーキにナイフを入れ、真美もそれにならった。ステーキを食べ尽くすと、色鮮やかなスイーツが出てきた。真美は「わあ」と目を丸くして声をあげ、手をたたいた。

そのデザートが真美の口に入り、満足げなありさまを見届けたのち、玄斎は、腹を決めたように切り出した。

「正直に話すね」

玄斎の思いつめた様子に、真美は何も感じていないようだ。

「なあに、おじさま」

「私は、あの慈母観音の前で君と会った時、君に吸い込まれるように惹かれてしまったのだよ」

「私に？」

「こんなことを言うと驚くかもしれないが、どうしても、君の肌に画を描いてみたいと思うようになってしまったのだよ」

「真美の体に？」

真美は手にしていたコーヒーのカップを置いた。

「正直に言うが、そのことを伝えたい一心で、展覧会に案内したのだよ。私の作品に、少しでも君が感動してくれたら、私の気持ちを聞いてもらえるのではないかと思ってね」

玄斎は腹をくくった。

「君と会った時は、お寺から頼まれて大きな作品を一年ばかりかけて書きあげた直後だった。大きな仕事を終えたので、私は大禅寺を訪れた」

真美は静かにうなずく。

「そこで君と会った。しかし、それは私一人の思いであって、そんな話をいきなりあの場ですれば、はっきり断られるだろうと思ってね」

沈黙が訪れた。玄斎は諦めない。

「まず私の作品を君に見せ、そのうえで、この話をしようと私なりに考えたのだよ」

「それで展覧会に、とおっしゃったの」

真美が重い口を開いた。

「私は初めてお寺で会った時から君の肌の虜になってしまったんだよ」

「でも、肌に描くということになれば、それは、すぐ消えてしまうでしょう」

冷静な意見だった。玄斎は静かにうなずく。

「その通りだ。だがそれでいい。私は、今まで人を感動させるために作品を創ってきた。しかし今度は、自分が感動するために君の肌に描きたいと思ったのだよ」

少しの沈黙があった。

「真美の体にそんな力があるの」

「あるよ」

玄斎はきっぱりと言った。

「それで真美の体に何を描くの」

玄斎は真美の目をじっと見つめた。

「慈母観音だよ。あれは君のお母さんだろう」

「観音さまが、私のお母さん？」

「慈母観音は、君にとって、命だろう」

「ええ」

真美がうなずいたことに、玄斎は発奮した。たたみかけるように言う。

「肌に描いたものは、すぐに消えてしまう。だが、それは、そのままお母さんのところに昇天する、私はそう思っているのだよ」

「でも真美恥ずかしい」

想定内の反応だった。玄斎はさらに続けた。

「それは十分わかっている。だが、せっかくお母さんから授かった肌を、このままにしておくのはもったいないと私は思っている」

「もったいない？」

「そう、人には持って生まれた宿命がある。私は君の肌はそういう宿命を負っていると思っているんだよ」

真美は宙を見た。明らかに困惑している様子だった。

「私は、どうしても、このことをなしとげたいんだよ」

玄斎は、この思いを、ここではっきりと伝えておかなければならないと思った。

真美の肌に描くものは慈母観音とする。

それは単なる口説き文句ではない。玄斎自身が、真美の肌に描くのは、この素材しかないと心に決めていた。そこにこそ必然性があると思っていた。

真美は玄斎を見つめると、冷静な眼差しで言った。

「おじさまの考え方は十分わかったわ。天国にいるお母さんとも相談して今晩よく考えてみる。帰るまでに、お返事をします。それでいいかしら？」

「突然の話なので、この場で返事できないことはわかっている」

玄斎は煙草をケースから取り出しゆっくりと火をつけた。

これ以上急《せ》くことは、かえって真美に不安を与える。

玄斎は、わざとそのことにふれぬ仕草で大人ぶりを演じた。

次の日、真美を東京駅まで送った。

真美は玄斎と顔を合わせたが、昨夜の、帰るまでに返事をするということを忘れているかのように見えた。

玄斎は、そのことを切り出せぬまま、新幹線に真美が乗り込むぎりぎりまで自分を抑えていた。

真美は玄斎を焦《じ》らすかのように、発車間際、ドアが閉まる寸前まで、そのことにふれなかった。

だが、ドアの閉まる寸前、真美は、

「私、おじさまのキャンバスになってもいいわ」

と言った。

その声が伝わると列車は静かにホームを滑り出し、玄斎は、笑顔で窓越しに手をふった。真美もそれに応えた。

狂墨

真美が、画を描くことを承知した。

玄斎は、富士山の麓で描きたいと思った。

女の肌に描くという条件を除けば、玄斎には、技法的には自信はあった。

だが慈母観音の中に作家として、墨によっていかなる命を吹き込めるか。女の肌に描くという願望の中にどれほど自分自身が感動できるものを実現できるのか。自らの心を、いかに奮い立たせ、キャンバスとなる裸に刻み込めるのか。

それは玄斎にとっても、未知のことであった。

描き手にとって、作品を描く環境は、大きな影響を与える。その状況そのものが、心の動きとなって画に伝わるからだ。

玄斎は、このことを長年の経験から、体得していた。

たとえば絵を描く時、環境だけでなく、着用する衣服からさえも大きな影響を受けるものだ。

墨を扱いはじめた頃、玄斎は、汚れを気にしなくてすむものを着用していた。

だが徐々に、そのような目線ではなく、自分の心から気に入ったこだわりのものを選ぶようになった。

真美が承諾するまでは、何としても、真美の心を曲げさせてはならないという気遣いが先に立った。描く場所についても、初めは真美の気に入った場所で描くことがいいと考えていた。だが、玄斎は、それは出来あがる作品に、大きな影響を与えると、思い切ってその考えを退けた。

そして、再び上京した真美に、自分の考えをきっぱりと伝えた。真美からは、

「おじさまには、私はわがままに見えるかもしれないけれど、先生の好きなところでいいわよ。私はおじさまに良いものを描いていただきたいから」

という答えが返ってきた。

初めは、アトリエで描くことも考えていたが、単純に裸のモデルを描くということではないので、現場を門人に見せるわけにはいかない。人目を避けて、違う場所で描くことにした。

玄斎は、旅行社に、富士山の見える宿の資料を持参するように言った。業者は二日ばかりすると資料を届けてきた。玄斎は、旅行社から届けられた資料を

真美に早速見せた。

「河口湖……」

北陸で生まれ育った真美には、初めての場所のようだ。

「富士山の見える宿がいいと思ってね」

「おじさまって、富士山がお好きなのね。この前の展覧会の作品の中にも、大きな、すごい富士山があったわね」

「ああ、あれか、よく覚えているね」

「どうして富士山が見えるところがいいの？」

すでに玄斎の中に、その答えはあった。

「私にとって富士は神なんだよ」

「神？」

「富士の壮大な霊気を浴びながら真美の体に、慈母観音を描く、そうすれば、自ずと、私の体に新しい血が湧きあがってくる。今、このことを想像しているだけでも血が騒ぐのだよ。またとない機会なので、そういう宇宙で、慈母観音を描きたいと強く思うようになってね」

「真美にはむずかしいことはわからない。けれど、おじさまが良いものを描いてくれるというならどこへでも行くわ」

作品制作に必要な荷物は宅配便で送りつけた。その後を追いかけるように玄斎と真美は、ハイヤーで中央高速を一気に走り抜けると、河口湖のインターを降りた。そして湖に沿った道路を宿に向かって、車を飛ばした。

湖畔の反対の山側には、こぼれんばかりの桜が咲き誇っていた。

真美は、その美しさに瞳を一段と大きくし、嬉しそうにはしゃいでいた。

大きな木造の門をくぐり、二人が通路の左右に配された庭園を眺めていると、まもなく、ハイヤーは大きな門構えの旅館の正面玄関に横付けされた。

そこにはすでに、数人の男と仲居が出迎えていた。

旅行社から、いくつかのホテルや旅館のパンフレットが届けられたが、玄斎は、富士山が真正面から見られる部屋を売り物にしているという、この老舗旅館を選んだ。

ハイヤーのトランクが開けられると、男の従業員と仲居が、中の荷物を抱えて、真美と玄斎をフロントに案内した。

旅館には、広いロビーがあり、そのロビーを一段下りたところが、喫茶室風の待合所となっていて、広い庭園を窓越しに見ながら休めるようになっていた。

「おじさま、ここってすごいところね」

真美は驚いた様子で声を発した。

創業百年の歴史を持つこの旅館には、旧館と新館があり、すべてが巧みに配置されている。そしてその雰囲気は高い品格を保っていた。

この旅館は、慈母観音を描くのに十分な環境だと、玄斎は思った。玄斎と真美は待合所に案内され、出された日本茶をすすりながらチェックインの順番を待っていた。

しばらくすると、仲居がやってきた。

「お客さま、恐れ入りますが、フロントでご署名をいただけますか」

「うむ」

二人は立ちあがり、フロントへと向かった。

サインがすむと、玄斎と真美は、仲居の導きでエレベーターに乗った。

幾分暗めの廊下を案内されるままに行くと、仲居が、

「この部屋が本日お泊まりいただくお部屋でございます」

と言い、ドアを両手で静かに開けた。

そこは三十畳ばかりの大きな和室だった。窓の向こうにはベランダがあり、そこに檜造りの大きな露天風呂が見えた。

そして部屋の眼下には河口湖が見え、正面には、壮大な富士山がくっきりと見えた。

富士山は、玄斎と真美を迎えるように、湖の上に聳えたっている。玄斎は深い感動を味わった。玄斎も、これまで様々なところに富士山の写生に出かけているが、これほどの光景は見たことがなかった。

富士山の眺めを売り物にするという旅館の趣旨が十分に伝わってきた。

富士山は葛飾北斎に限らず、実に多くの人々によって描かれてきた。それは、

その姿の美しさからばかりが理由ではない。そこから発せられる独特な神秘性、そして季節によって見せる多彩な変貌ぶりは、他の山に類を見ない。

どれほどの画家が、この富士に狂ってきたことか。このたび、玄斎は富士そのものを描くわけではない。だが富士の力を背に、その勢いを借りて真美に慈母観音を描くのだ。このことが玄斎の血をかりたてる。

女の素肌に描くので、慈母観音の画は、すぐに滅びていくという宿命を持つ。そのことを承知しながらも、なおかつ、そのことに取り組んでいくという、このたびの試みは、狂気の沙汰かもしれない。

旅館の部屋には三十畳の和室の他、二十畳の寝室用の和室があり、大きな鏡をあしらった化粧室、ゲストルーム用の和室、そして檜の風呂、便所、洗面所があった。

旅館の威信と面目をかけるかのように、建築資材には、贅を尽くしている。

玄斎は、旅慣れていて、和風の旅館に驚くことは通常ほとんどない。だが、この旅館は別格に感じた。

歴史の重みと建物の造作の妙は間違いないが、それ以上に、富士を眼前にし、霊気を体に受けながら時を過ごせるという環境が、旅館の凄みを増しているのだった。

玄斎は、三十畳ばかりある和室の中央に置かれた漆の座卓のわきに、勧められるままに腰を下ろし、仲居の淹れたお茶を口にした。

真美も玄斎にならう。

「おじさま、このお茶、何かが違うみたい」

「建物の造りが一流であっても、口にするお茶がそれに沿ってなければ、駄目なのだよ」

その会話を聞きながら、仲居は、一通り旅館のシステムを説明すると部屋を出ていった。

「真美、ここでよかったかねぇ」

玄斎は、自分が場所を決めたということもあって、真美が心変わりをしていないか、少しばかり気にかかっていた。

「おじさまが気に入っているところなら、真美はどこでもいいと言ったでしょう」

「ああ、そうだった」

夢中で移動してきたせいか、玄斎の顔からは、汗の雫が垂れ落ちた。それを見た真美は、あわててハンドバッグからハンカチを取り出し、玄斎の額の汗を拭いた。そこには女の真美がいた。

玄斎は煙草を取り出し、ライターで火をつけると、大きく煙を吐き出した。

そして、改めて部屋を見つめると、言った。

「この富士山の見える和室に、布団を広げて描こうと思うのだが、どうかね」

「おじさまは富士山にこだわっているんでしょう」

「ああ、富士山の見えるところで慈母観音を、真美の肌に描きたい。それが、私の強い思いでね」

「だったらこの部屋が、一番富士山が見えるんじゃないの」

「それでは、そうしようか」

「真美はいいわよ。私ね、おじさまから体に慈母観音を描かせてほしいと言われた時は驚いたの」

「そうだろうね」

「だけど、あの言葉、とても嬉しかった」

真美の言葉は、玄斎にとって意外だった。

「そうかね」

「それまで自分の体というものを、おじさまの思っているように見たことがなかったの」

「人間は、自分探しが下手だからね。しかし、君はいい体をしているよ」

玄斎はそう言うと改めて真美の体を見つめた。

「自分探しが下手か、私もそう?」

「そうかもしれない。私も、若い時は君と同じで、自分のいいところが見えなかった。そんな私が言うのだから、君は自分の体に自信を持っていいのだよ」

「ええ、そうする」

「本当は、あのお寺で見かけた時、あの場所でこの話をして、その場で返事をもらいたいという気持ちはあったのだが、それはずいぶん、乱暴な話になると思ってね」

「ええ」

真美は、かすかに笑った。

「こんな話をあの場所で突然しても、君にはわかってもらえないと思ったので、自分の本音を抑え、君が東京に来て展覧会を見てくれるまで我慢したのだよ」

「そうなの、それは正解よ。おじさま」

「やっぱりか」

「真美の体、おじさまに対して、すごい影響をもたらしているということよね」

真美は誇らしげに言った。

「いつ頃から始めようかね」

「今日は嫌、せっかく、こんないいところに来たのだから、今夜は美味しいものを食べて、カラオケして踊っておじさまとお話をたくさんゆっくりしたいの」

玄斎には、今夜からでも取りかかりたいという気持ちがあったが、抑えた。

「真美がそう言うなら、今日でなくてもいいよ、旅館は三泊分とってあるから」

「三泊もとってるの？」

「初めてのことなので、どういう状況になるかわからないのでね」

「でも、今夜くらいゆっくりしても大丈夫でしょう」

「ああ」

「おじさま、ところで真美の体に画を描き終わるまで、時間はどれぐらいかかるの」

玄斎は、この言葉に一瞬戸惑った。

「見当がつかない」

正直に答えた。

ここに来るまで、時間と神経をさいてきた。

玄斎は、真美を眼前にした安堵感から、昨夜は夜遅くまで酒を飲み、真美とたくさんの話をし、カラオケや激しいダンスに付き合った。その後、床に崩れるように倒れ込み、目が覚めたのは昼であった。

朝食はいらないという真美の意向をフロントに伝え、眠るだけ眠った。そして目が覚めた。

もう夕方になる。一刻も早く取りかかりたい。気がはやって真美を起こした。

真美は眠たそうに起きあがった。

「ずいぶんぐっすり休んでいたねぇ。まだ寝足りないかね」

真美は、大きなあくびをしながら目をこすり、

「大丈夫、昨夜は楽しかったから。真美、こんな思いしたことないわ」

と言った。

「それはよかったじゃないか」

玄斎は、広い和室にある応接椅子に座っていた。真美は、その向かい側に腰を下ろした。

広い和室には布団が敷かれ、その上には白いシーツが用意されていた。

「これどうしたの」

真美は少しばかり怪訝な顔をした。

「仲居さんに頼んで、昼に敷いてもらったんだよ」

「そうなんだ。仲居さんに真美の肌に画を描くと言ったの」

「それは話してない。真美、ほら、見てごらん。富士山がくっきりと雲ひとつない、いい姿を見せているよ。コーヒーを飲んだら、そろそろ準備に取りかかりたいのだがね」

するとと真美はふと思い出したかのように、玄斎に問うた。

「ところでおじさま、今まで女の人の肌に描いたことあるの？」

「私は今まで女の体になど、描いたことがない。だから墨をのせた時、肌がどのようになるのか見当がつかない。墨が乾いていない状態でも上ぬりができるのか、乾くのを待たなければならないのか、すべて、やってみなければわからないのだよ」

「私の腕で試してみる？」

「試し描きかね、私はそれはしない」

「なぜ？」

真美は納得のいかない様子だった。

「君の肌に試し描きをしたところを消さなければならない。真っ白い紙に描いたものを消してまた描くというようなことは、書の世界ではありえないことでね」

玄斎は頑《かたく》なに答えた。

「そうなんだ。ところで私っておじさまから見るとどんなふうに映っているの」

「君のことかね。中国では、美しい人のことを、近くで見て良し、遠くで見て良しと言っているんだよ。これは中国の漢代の詩の中に出てくるのだがね」

「遠くで見て良し、近くで見て良しと……」

話をしているうちに、玄斎の言葉に熱がこもる。

「この歌は、女の人の外見をさしたものだ。君は、その上に、さらに究極の肌の美しさを持っている。私は、君に初めて会った時から、そこに惹かれ狂ってしまった。このたびの、君の肌に描く慈母観音は、誰に見せるわけでもない。その感動は、私の中にだけある。だから、それは自分との闘いになるのだよ」

「おじさまにとってはそんなに大変なことなのね」

真美は、このたびの玄斎の決心をようやく少しずつ理解しはじめたようだった。

「何か、コーヒーを飲みたくなったね」

玄斎は真美の言葉に安心しきって、少しばかりゆったりとした気分になってきた。部屋にはポットとコーヒーメーカーが備えてあった。

「おじさまが、コーヒーが大好きと言っていたから豆をひいて持ってきたの」

「豆を選んできたのかね」

「ええ、私が、おじさまのところに行くと言ったら、例のレストランのママがくださったの」

それは、美味しいコーヒーだった。飲み終わると、玄斎は、前もって送りつけておいた宅配便の荷物を開け、ぎこちない手つきで用具を取り出しはじめた。

そのありさまを見た真美は笑いながら、

「おじさまは、道具を自分で用意したことなどないのでしょう」

と言った。

若い頃ならともかく、有名になってからは、このような下準備などで自分が動いたことはほとんどなかった。ただ座っていて、あれこれ指図する。それが日頃の玄斎であった。

「アトリエであれば、こんなことをしないですむのだが、君の裸を門人に見せるわけにはいかないから、仕方ないよ」

「お手伝いしてあげたいけれども、お道具は私にはわからない。それに、大切なお道具に手を出して、使えなくしたら大変なことになるから」

そう言いながら真美は、玄斎が、ひとつひとつその場に道具を広げていくありさまを両方の肘で頬杖をつきながら見ていた。

「ずいぶんあるのね」

「これでも絞ったのだよ」

「そうなんだ」

真美は、しばらく玄斎が道具を広げるありさまを見ていたが、やはり手伝うことができないとわかると唐突に言った。

「ねぇおじさま、背中流してあげるから一緒にお風呂に入らない？」

そして真美は、照れる玄斎の手を取るとゆっくりバスルームに誘導していった。

バスルームのドアを開けると、花びらが湯船いっぱいに浮かべられていた。

玄斎は驚き、

「これはどういうことかね」

と尋ねた。

「ゆうべ、仲居さんに頼んで、お花屋さんからお花を集めてきてもらったの」

「気がつかなかったなぁ。寝ているばかりと思っていたよ」

「今月はおじさまのお誕生月でしょう」

「ああ、そう四月か。覚えていてくれたんだ。真美を描くことで頭がいっぱいで、そんなことすっかり忘れていたよ」

「おじさまとお風呂に入るなどとは思ってもいなかったのだけど、真美が、おじさまの生まれた月の花の中で、ゆっくりお風呂に浸かり、おじさまの体を綺麗にするのが一番いいプレゼントかと思ったの」

「誕生日祝いということかね」

そう言うと、真美は玄斎の体をいたわるようにして手を取り、湯船に誘った。

真美の本物の体は、想像していた妖しさを超えて玄斎の眼前に迫った。

湯船に浸かると豊満な真美の乳房は、にわかに揺れ、そこにまとわりついた花びらは、真美の体の美しさを讃えているように思えた。

「恥ずかしい、おじさま」

急にそう言うと真美はあわててタオルで乳房をおおった。

玄斎に裸を見せるということは承知していたが、現実に、こうやって二人で湯船に浸かると、そこに女の恥じらいのようなものが出る。これが女というものなのだろうと玄斎は思った。

「真美には、わからないだろうがね。作品を描く時は、その前に、紙の上を一度手で丁寧になでる習慣があってね。それと同じような気持ちで、真美の肌を洗いたいのだがね」

「おじさまが私の体を」

「いけないかね」

「でも、そうしないとおじさまが描く時気持ちが入らないのでしょう」

真美はゆっくりと自分から玄斎の手を引きながら、湯船から出て檜の椅子に玄斎を座らせた。

「私、おじさまのお体先に流してあげる」

玄斎はその言葉に驚いた。

「私の体が先かね」

「綺麗な手で私の体を洗ってほしいから」

「それでは、そうしようかね」

真美は、ボディシャンプーを、タオルに含ませた。まず玄斎の右手を取り、洗いはじめる。そして、やがて後ろに回り、玄斎の背中を洗いシャワーで泡を流した。

「さあこれでいいわ、綺麗な手になったから真美を洗ってくれる？」

玄斎は真美に言われたように手にボディシャンプーを付けると、全身を隅々まで洗っていった。乳房に手がかかった時、真美の肉感が伝わり、心が揺れた。今まで見ていた真美の美しさを改めて実感した。そして、これから描こうとする肌への思いを一段と高めていった。

シャワーでシャンプーを洗い流し、真美は湯船に浸かった。真美の長い髪は、流動的な黒々としたうねりを見せている。それはまさしく書の線に見えた。

改めて見てゆくと真美の毛の生え際は、きめ細かく、肢体はセーラー服の上から見るよりも一段と凹凸があって、乳首はツンと上を向き、引き締まった肢体が玄斎を改めて惹きつけた。

描こうとする画が、一段と玄斎の中で具体化しはじめた。

真美は今度は、自分の髪を洗いはじめ、思いっきり湯を頭の上から全身に浴びた。シャワーの勢いは、これから始まる真美と自分のドラマの前奏曲のようでもあった。

真美は、バスタオルで体を拭くと、バスローブをまとい、頭をバスタオルで巻きあげて玄斎の手を引いて部屋に戻った。

そして、そこに敷かれた布団を見つめながら、そばにあった応接椅子に腰をかけた。

しばらくすると玄斎が、真美と同じようにバスローブを着て、リビングの椅子に座り、真美と向かい合った。

玄斎は、真美を改めて見つめながら、その美しさに感嘆した。そして今、真美の体から受けた思いを筆にのせ、この場で一気に描きあげるほうがいいとさえ思った。

外はとっぷり日が暮れ、その暗さの中で、月の光が湖を照らしていた。

しばらくすると、真美が風に当たりたいとリビングの窓を開け、ベランダに出ると、突然、

「ねぇ、おじさま、ほらほら満月よ」

とはしゃいだ。

改めて空を見あげると、そこには、大きな月があり、富士と湖を照らしていた。

「お風呂に入っている間に、満月がやってきたのよ」

真美は、そう言いながら、玄斎の手にぶら下がるようにして星がちりばめられた空を見つめていた。

「おじさま。私の裸、あのお月さまの光の下で見たらどうなるの」

「それは真美のことだから綺麗だろうね」

「でしょう。このリビングのお布団をベランダに出して、そこでおじさまが真

美の体に描くというのはどう？」

真美から思わぬ提案があった。

「このベランダでかね」

「こんなところで描いたことないでしょう？」

「ああ、外でスケッチするということは経験があるが、このようなことは、今までないよ」

「おじさま、挑戦、好きなのでしょう？」

真美はいたずらっぽく笑った。

「挑戦？」

「この美しいお月さまの下で、私の肌に、慈母観音を描いてもらえたら最高なんだけど」

「ここでかね」

「ええ」

真昼の太陽や蛍光灯の下で真美の肌を見たことはあったが、月の光の下での肌は想像していなかったことに気付いた。玄斎は、いつの間にか、真美に引き込まれていった。

作品が真美の言いなりになるということではない。

玄斎はそう自分に言い聞かせた。

「しかし、ここでは」

「おじさま、私ね、ここで脱いでみるから、あのお月さまの光で描けるかどうか見ていただけない？」

真美は、玄斎の言葉に耳を貸すふうもなくそう言うと、湖のほうに向かって、バスローブをおろした。春特有の柔らかな光のおぼろ月は、真美の体を包み込むようにやんわりと光っていた。

真美の体は、直射日光の下で見る肌にはない、独特の雰囲気を醸し出していた。

正確に言えば真美の肌には、重厚な質感が与えられていた。バスルームでは白い肌だったが、その肌がにわかに渋みを持って落ち着いた。どこか大人の肌の色に映った。

そこには、玄斎が想像していなかった雰囲気があり、その見事な真美の肌の深い質感が露呈されていた。その美しさに、改めて好奇心が湧いてきた。

美しいものは、どんな環境にあっても輝く。肌は一段と妖しさを見せていた。

「ねぇおじさま、このベランダにしましょうよ」

そう言うと真美は、バスローブをもう一度羽織り、部屋のガラス戸を全開にして玄斎のそばに行き、敷かれていた布団のはしを、両手で持ち少しばかり口をとがらせながら、

「ねぇ、おじさま早く手伝って」

と言い、勝手にベランダに布団を持ち出した。

玄斎は、重い腰をあげ真美の言う通りにした。

このたびのことは、真美が承知しなければ、目的を果たすことができない。

そして、真美は、いつ気が変わるかわからない。腹を決めた玄斎は、真美に向かって切り出した。

「真美の言う通りにしたのだから、取りかかっていいかね」

「いいわよ」

真美は布団の上に寝そべってそう言った。

「途中で食べ物をお腹に入れることは、むずかしいから、始める前に、軽く腹ごしらえをしておいたらどうかね。制作に入ると途中で起きあがることができる時と、できない時があるからね」

「大丈夫、それは、おじさまも同じでしょう」

玄斎は、真美が玄斎と同じ立場にあることを自覚しているのを嬉しく思った。

「真美、もうひとつだけお願いがあるの」

「もうひとつ？」

「遠くに鏡を置いてもいい？」

「鏡？　そんなもの、ここにあるのかね」

玄斎は、この部屋に来て以来、鏡などを見た記憶がなかった。

「おじさまは気付かなかったでしょうけど、寝室の隅に大きな姿見が置いてあるのよ」

「それは気が付かなかった」

「男の人って、そんなもの関心ないでしょう」

「まあ、そうだがね」

「私ね、どうしてもおじさまが描いているところを見ていたいの、私の肌に描いているところも体も」

真美から出た言葉は意外なものだった。

「私の？」

「ねえ、おじさま。お願い」

玄斎は、戸惑った。

「どうするのかね」

「これから鏡をここに移したいので手伝ってくれる？」

玄斎は、仕方なく、真美に言われるまま鏡をベランダに運ぶのを手伝った。

「ちゃんと、真美が寝ているところから、おじさまが見えるかどうか鏡の位置を確かめたいの」

玄斎は、言われるままに筆を持って描く真似をした。

真美は鏡のそばに行くと、そこに映し出された玄斎の姿を見た。

「おじさまってかっこいいね」

玄斎は苦笑いをして、

「さあ、そろそろ始めないと」

と言った。

真美は、バスローブをゆっくりと脱ぎ、ベランダに敷かれた布団の上に横たわった。

「どうすればいいの？」

「背中から先にやろう」

「背中から描くの？　それじゃ、真美はうつぶせになればいいのね」

そう言うと真美は両手を組み、その上に頭を乗せた。

「これでいい？」

「それでいい」

横たわった真美の乳房は柔らかな布団の中に沈んだが、背中には、独特の妖艶な雰囲気が漂っている。それは鮮やかな女を表出していた。

素材としての真美の体は申し分がなかった。後は、ただひたすら玄斎の腕にかかってくる。

玄斎は、布団の上に置いた道具を一通り確かめると、しばらく真美の背中を眺めていたが、気持ちが決まったのか、やがて硯でゆっくりと炭を摩りはじめた。

それを見た真美は珍しそうに、

「おじさま、その炭で描くの」

と言った。

「ああ、この炭かね、これはね、この間話をしたように、幼い頃、書を始めたが貧乏で、道具が買えずに、母が竈で燃やした薪の燃え殻を墨の代わりに使っていてね、いつかは、これを使う時があると思い続けて今日まで、いつも肌身離さず持っていたものだよ」

「そうなんだ」

真美は納得したように見えた。

「君の背中に、慈母観音を描く。私は君が拝んでいた慈母観音は、私の母親だと思っている。だから、この炭を使うのが、このたびのことに一番ふさわしいことだと思ったのだよ」

「そういう炭なの。おじさまに、そういう思いで、私の背中に、慈母観音を描いていただけたら、きっと私の母も喜んでくれると思うの」

真美は目を輝かせてそう言った。

玄斎は、この炭を使うということの意味は、極めて深いところにあるのだと自分に言い聞かせていた。

構想は練っていたものの、現実にこうやって真美の裸を見ると、少しばかり戸惑った。想像していた以上に、真美の体が発するフェロモンには凄みがあった。いつの間にか男の欲望のようなものが頭をもたげ、それを必死に抑えつけるというつらさを感じた。真美の肌に慈母観音をどう描くかということについて、玄斎の中で心が大きく動いていた。

人の肌に墨をのせるということは、玄斎にとって初めての経験である。実際に描いていくと、どのようになっていくのか、正直なところその過程は想像がつかなかった。

玄斎は、しばらく、その場に伏した真美の体を頭から足元まで、ゆっくりと眺めた。

心が決まると、面相筆を口にくわえ、筆立ての中の数本の筆の中から親指ほどの太い筆を取り出し、ゆっくり自分の掌で筆毛の弾力を確かめると、硯の海に筆を入れた。

玄斎の描こうとする慈母観音は、清流のそばの岩の上に腰をかけ、両腕で愛情いっぱいにしっかりと子供を抱え、一重瞼の下の眼が、優しく子供の望みを探っているという姿であった。

慈母観音で、一番配慮しなければならないのは、眼である。そこには、溢れんばかりの慈愛が見えなければならない。

そして、美しい眼を持った慈母観音が真っ白な衣をまとった優雅な姿を描きたいと思っていた。

慈母観音像は、全体的に、ほとんど曲線であり、細い線で輪郭を描く。衣や岩壁には淡い墨をのせる。

玄斎は細い筆に炭を少しばかり含ませると、慈母観音に手をつけはじめた。

このイメージが、人の肌に描かれる時、その先の美しさが、いかはどのものになるのか、ここがこのたびの仕事の重要な部分であると考えていた。

まして、使う炭は、少年時代、障子紙に書いたという経験があるだけで、それがどのようなものになるのか見当もつかない状態であった。

玄斎は炭を確かめるために、真美の肌に筆を入れ、しばらく時間をおいて、その色を確かめた。

炭の色は、玄斎が想像していたより淡かった。

「やっぱり墨のようにはならないのか」

ここにきて炭の色は玄斎の想像を外れていた。

玄斎は、すでに溶かしてあった液体の膠を取り出すと、炭に幾分加えた。そして、改めて筆を硯につけ、炭を含ませると慈母観音の顔から描き出した。その部分を描き終えるまでは、息をこらえ筆の圧力を一定に安定させた。炭ののり具合を見ながら、筆圧と速度を工夫して描いていった。

時間が経過していることもあり、真美の肌からは、少しばかり脂が皮膚の表面に表出してきていた。はじかれた炭が、小さな水滴状となり月の光がそこを照らした。

「くすぐったい」

真美は大きく体を反応させた。

「こらえなさい」

「…………」

真美は玄斎が筆を運ぶたびに歯を食いしばった。

「少し我慢すれば、体が慣れてくるから」

やがて筆は、慈母観音を描き終わり衣と座っている大きな岩へと移っていった。

玄斎は慈母観音を描きながら自分の中にエクスタシーが湧きあがっていることに気付いた。今、真美の女の本能はどうなっているのか、このことを真美のまばたきと仕草の中から探っていた。

この間、真美は時々横目で玄斎の描く姿と、描かれてゆく画柄を鏡を通して見つめていた。

今まで自分が、どのような姿で作品を制作していたのか。それは玄斎の想像の域を出なかった。

玄斎は、現実に自分の制作中の姿を見ることはなかったのだ。

真美のことを、肌の美しさは別にしても、はじめは素朴な女子高生と思っていた。だが裸になると、恥じらいを捨て、生き物として本能のままにうごめいて解放されたようになる。これが女というものなのかもしれない。そして、そこにこそ玄斎の求める美が存在すると思った。

玄斎の仕草に真美は、いつしか口数が少なくなっていった。

こうして、背中の慈母観音の輪郭は徐々に出来あがっていった。

後は、その輪郭に合わせて衣や岩に淡い炭を重ねていく作業があるのだが、炭そのものが素材が粗く、均一な淡さを保つのはむずかしいように思えた。

「輪郭が乾いていないから、乾いたら取りかかる。その間、何か飲むかね」

真美は緊張のあまり首を横に振った。

描かれた肌画の乾きは思ったより早かった。

炭が乾いたのを見届けると、玄斎は、親指ほどの太さの筆に、大きな器に溶いた淡い炭をたっぷりとつけると、ゆっくりと慈母観音の衣と岩、そして流れる水を何度も重ねぬりしていった。

肌にのると、肌の脂が、炭を弾き、小さな水溶の輝きが見えた。

玄斎は、真美がいつの間にか目を閉じて眠ってしまったのを見ると、煙草を取り出し、すべてが乾きあがるのを待った。

玄斎は、眠っている真美の体にそっと触れると、

「真美、背中は出来あがった」

と声をかけた。

「今度は正面に慈母観音の好きな蓮の花を描くから」

「蓮の花、亡くなったお母さんが大好きなお花だったの」

真美は言われるままに仰向けになった。

玄斎はこの構想を真美に話していなかった。

蓮の花は豊かな茎に支えられているが、花のそばに添うようになる蓮の実は、花には見られない美しさがある。それを乳房にかけて描き、花と葉の美しさを競わせる。

玄斎はその思いのまま、すぐさま筆をとると、蓮の実を描きはじめた。

筆の動きにつれて、乳首がピク、ピクと反応し、体は紅色となり、明らかに真美がまた上気しはじめた。

炭ののっていない真っ白なところは、次第に紅色となり、玄斎の筆がすすむにつれて、順次炭色が肌に舞った。

真美は、いつの間にか指をかみながら、湧きあがる情念をこらえるかのように、小刻みにふるえていた。

炭は、おとなしく真美の肌に収まらなかった。肌から滲み出る汗に弾かれ、描かれた炭の線はところどころ途切れ、だが、それは美しい肌を得て、紙では表現できないエロチシズムが表現された。

真美の肌には玄斎によって、一墨一魂が注ぎ込まれた。そして玄斎は、そのまま仕上げに入っていった。

紙に描いている時には、このような気持ちになったことはなかった。その墨の色は、玄斎には狂気と映った。そしてそこにもたらされるエロスは永遠のものだった。

描き終えた玄斎は、やがて真美の豊満な体の上に甘えるように重なると、そのまま目を閉じた。玄斎が目を覚ますことはなかった。

本書は書き下ろしです。
原稿枚数196枚（400字詰め）。

〈著者紹介〉
金田石城(かねだせきじょう)　1941年、福島県生まれ。書道家。全日本書道芸術院理事長、日本墨アート協会会長。墨の魔術師と呼ばれ、独自の表現を確立する。書・画・篆刻・陶芸・写真など、多彩な芸域に表現の場を求め、活動している。著作に『書道創作』(日貿出版社)、『仏像篆刻のすすめ』『百屏風』(ともに角川書店)、『俳画で旅するおくのほそ道』(鳥影社)、『芸術家になる法』(池田満寿夫との対談集、現代書林)などがある。

狂墨
2014年6月30日　第1刷発行

著　者　金田石城
発行者　見城 徹

発行所　株式会社 幻冬舎
〒151-0051 東京都渋谷区千駄ヶ谷4-9-7

電話:03(5411)6211(編集)
03(5411)6222(営業)
振替:00120-8-767643
印刷・製本所:株式会社 光邦

検印廃止

ISBN978-4-344-02599-8 C0093
幻冬舎ホームページアドレス　http://www.gentosha.co.jp/

この本に関するご意見・ご感想をメールでお寄せいただく場合は、
comment@gentosha.co.jpまで。